11
GOBLIN SLAYER
蝸牛くも
Kumo Kagyu
插畫／神奈月昇
哥布林殺手
GOBLIN SLAYER!
He does not let anyone roll the dice.

U0028952

© Noboru Kannatuki

人物介紹

CHARACTER PROFILE

女神官 Priestess

與哥布林殺手組隊的少女。因心地善良，常被哥布林殺手魯莽的行動耍得團團轉。

哥布林殺手 Goblin Slayer

在邊境小鎮活動的怪人冒險者。單靠討伐哥布林就升上銀等（位列第三階）的罕見存在。

櫃檯小姐 Guild Girl

在冒險者公會工作的女性。總是被率先擊退哥布林的哥布林殺手所助。

牧牛妹 Cow Girl

在哥布林殺手所寄宿的牧場工作的少女。也是哥布林殺手的青梅竹馬。

妖精弓手 High Elf Archer

與哥布林殺手一起冒險的妖精少女。擔任獵兵（Ranger）職務的神射手。

© Noboru Kannatuki
11
哥布林殺手
GOBLIN SLAYER!
He does not let anyone roll the dice.

© Noboru Kannatuki
經歷橫渡沙漠的旅程，
對於疲憊的身軀而言，
異國城市的蒸氣浴可謂再舒服不過。
「……啊——凡人（Hume）
真會想些神祕的主意……」

© Noboru Kannatuki
「是說，為什麼要把鍊甲帶進浴室……？」

Contents

GOBLIN SLAYER!
He does not let anyone roll the dice.

© Noboru Kannatuki

© Noboru Kannatuki

Goblin Slayer
© Noboru Kannatuki

©Noboru Kannatuki

重戰士 Heavy Warrior

隸屬於邊境之鎮冒險者公會的銀等級冒險者。和女騎士等人一同組成邊境最棒的團隊。

蜥蜴僧侶 Lizard Priest

與哥布林殺手一起冒險的蜥蜴人僧侶。

礦人道士 Dwarf Shaman

與哥布林殺手一起冒險的礦人術師。

劍之聖女 Sword Maiden

水之都的至高神神殿大主教，同時也是過去和魔神王一戰的金等級冒險者。

長槍手 Lancer

隸屬邊境小鎮冒險者公會的銀等級冒險者。

魔女 Sorceress

隸屬邊境小鎮冒險者公會的銀等級冒險者。

灑下此地星沙離去之眾
已於彼地光輝燦爛處沉眠多時
懇請聆聽吾之呢喃
接下來將講述的，乃風之音——……

斷章 『流浪者的任務（Rogue Run）』

飛濺到空中的沙粒在夕陽下閃耀光芒的模樣，恍若寶石。

我之所以會產生這種不合時宜的感傷情緒，是在逃避現實嗎？不過，也只有一瞬間而已。

馬車發出沉悶的「咚」一聲降落於地面，我差點咬到舌頭，忍不住皺眉。

說起來，我現在搭乘的這東西，真的可以說是馬車嗎？

拉車的是以泡沫為鬃毛的雨馬（Kelbi），說是車子，車輪卻裝著防滑板。這樣還比較接近雪橇。

「GGORRRORB！」

「GBG！GGROOROGB！」

何況後方還有一面怒罵，一面逼近的騎兵，處在逃亡途中，自然會想逃避現實。

不過，敵人也不確定能否稱之為騎兵──是騎在狗背上的矮小士兵。

「啊哈哈，情況不妙。怎麼辦呢？」

「都這種時候了，虧妳笑得出來。」

我裹著外套，瞄了一眼聊得有說有笑的兩位流浪者（Rogue）。

頭戴軍帽、疑似密探的男子，拿起手中的連弩從車內戒備後方。

旁邊的紅髮森人（Elf）少女則用外套遮住臉孔，在不停搖晃的馬車裡仍一副若無其事的樣子。

怎麼看都不覺得她跟我同種族。高貴的森人一旦習慣俗世生活，也會變成那樣嗎？

除了他們倆之外，還有一名負責駕車的年輕男子、女性神官，以及穿著奇特的魔法師。

將命運託付給這些人，沒問題嗎？我至今依然無法信任公主的想法。

「不能用你常用的鐵炮？」

「是可以，不過一、兩發解決不掉。」密探苦笑著扣下連弩的扳機。

發條彈開的清脆聲響瞬間傳出，數支箭矢在空中劃出弧線，射向遠方。

「GORGB!?」

「GGBBOOGB!?」

短箭射穿騎兵們的皮甲，士兵紛紛落馬——落犬，消失在視線範圍內。

發射時的反作用力應該挺強的，密探卻輕鬆地操縱連弩，謹慎拆下彈匣。

他裝上新彈匣，殺了好幾隻小鬼後依然不動聲色，聳聳肩膀。

「而且車晃得這麼厲害，用短筒槍不好瞄準。」

「喂，你是想說我御馬技術差嗎？」

粗野的聲音從駕駛座傳來，體格強壯的男子——精靈使握著雨馬的轡繩。

聽見御者的抗議，密探不為所動，輕輕舔了下嘴脣後回道：

「我的意思是，大家都不習慣在沙地行動。」

「因為白天很熱，晚上很冷嘛。」

森人少女的語氣聽起來卻沒有那麼難熬，笑著說道。

「妳還好嗎？」

「說實話，我不想待太久。」

回答她的是嬌小的凡人(Hume)少女。在胸前晃動的物體，是知識神的聖印吧。

閉著雙眼，盤腿坐在馬車角落的少女，似乎將在空中翱翔的心靈拉回到了體內。

她擦乾額頭的汗水，略顯疲憊地吁出一口氣。

「……除了氣候因素外，客人也很難纏。」

「又來啦。」密探不耐煩地咕噥道，神官少女點頭回答：

「嗯。敵人也幹勁十足。他們那邊雖然沒有術師神官，但數量挺多的。應該有十以上。」

少女不曉得用了什麼神蹟，講得像親眼見證過一樣，她納悶地歪過頭：

「你的『蝙蝠之眼』不是看得見嗎？」

「我不想看……」

密探明顯擺出一張臭臉，忽然有個聲音對他說「面對現實吧」。

可疑的獸類從貨物縫隙間探出頭。

牠是某位魔法師的使魔，相當於我們和這幾位流浪者的中間人——聽說是這樣。

然而要將命運交託在這隻奇妙生物背後的藏鏡人手中，我感到有點排斥。

為何這些流浪者，有辦法信任只肯透過使魔涉險的人？

「那麼，雖然在這種狀況下不太適合，我想重新確認一遍委託內容。」

那隻野獸搖了下耳朵望向我，不曉得牠明不明白我的心情。

「把妳們從城裡帶出去，送到最近的……村莊。沒問題吧？」

「是的。到了村莊就不會再麻煩各位。」

「萬一妳們之後被山賊或奴隸商人抓住，或是遇到其他意外，我們也救不了人。」

「別說笑了。」我挺起胸膛，「我們才沒那麼蠢。」

森人魔法師皺起眉頭，但比起那點小事，我只希望他們趕快解決眼前的麻煩。

事到如今，公主安排的這些來歷不明之徒，是我們唯一的依靠。

旁邊的同事——友人笑咪咪地吹著口哨，圃人(Rare)就是這點讓人頭痛。

「哇!?」

下一秒，我忍不住尖叫。因為有支箭射穿車棚，刺在我身旁。

拉近距離的騎兵們，用短弓不停射出箭矢。

箭雨伴隨「咻咻咻」的破空聲零星地降下，接連射中馬車。

就我看來，這輛馬車的防備並不齊全。這樣下去可能會出事。

「總、總之！該付的報酬我們也付了，請各位做好分內的工作！」

你們也曉得萬一被抓住，會被送去礦山強制勞動吧？我大叫道。

「知道啦。」

密探滿不在乎地說，將放在貨架上的一捆繩子踢下車。

繩子像顆球般在沙地上彈起，整捆鬆展開來，轉眼間纏住騎犬的腳。

「GOOOOBG!?」

「GR!?GOGBB!?」

如同蛛網。一隻騎犬立刻被絆倒，其他幾隻遭到牽連，也跟著脫隊。

小鬼責備同伴愚蠢的怒罵聲迅速隨著景色遠去，為這場戰鬥劃下句點。

「萬無一失。」

密探見狀得意地笑了聲，將連弩伸出車棚，對駕駛座大喊：

「不能開快一點嗎？我可沒辦法撐過那麼多波攻擊喔？」

「雨馬心情不好就會回去。」對方的回答簡潔易懂。「剛才那捆繩子由你出錢。」

「如果你的精靈術管用，我是不介意補貼一些啦。」

「這一帶的風精本來就比較強……換成在水邊倒是足夠跑到棋盤邊緣了。」

這時，面色凝重，在一旁沉思的森人少女忽然「啊」了一聲。密探開口詢問：

「怎麼了？」

「……嗯，我想到一個主意。」

我對他們投以懷疑的目光。咒術師什麼的，明明跟變戲法的差不多。

密探看都不看她一眼，專注用連弩瞄準目標。

「一擊逆轉嗎？」

「大魔導師賭上九大力量威名。（註1）」

「好極了。」

兩人間的交談僅止於此。我發現他沒有問她做不做得到。

註1　暗指卡牌遊戲《魔法風雲會》設計者Richard Garfield，及史上強度最高的九張禁卡。

不過，對密探來說這樣似乎就夠了，他笑著扣下連弩的扳機。

清脆的發射聲再度響起，箭矢連續射出，擊倒一隻又一隻騎兵。

「GGBOORGB!?」

「GRORB！GGGBORGB！」

然而，這樣不可能有辦法擊退所有追兵。

敵人追擊的速度絲毫未減。

勇氣可嘉——應該不是。他們只是覺得自己跟會被射中的蠢貨不同。

「唉，我們的客人真受歡迎……」

知識神的神官無奈地咕噥道。她伸手在空中一揮，輕聲呢喃。

「『蠟燭的守衛啊，懇請明鑑我那不屈服於無知、蒙昧、迷信、傲慢的燈火』。」

接著，藍色燈火沿著她手指移動的軌跡劃過空中，命中那群騎犬的鼻尖。

「GOOGB！」

「GOOBGBR!?」

騎犬向後仰去，連弩趁小鬼們只顧拉緊韁繩之際迅速擊發。

沒能成功迴避的騎兵喉嚨長出箭來，一個個墜落在沙地上。

仍然騎著狗的騎兵卻手拿武器，咆哮著越過他們的屍體衝向這邊。

侍奉知識神的少女見狀，露出令人捉摸不定的笑容：

© Noboru Kannatuki

「有沒有幫你省到一些箭？」

「可以不用再顧慮了。」密探拔出掛在腰間的單筒槍。「剛才那波把箭射完了。」

我為那過度欠缺思慮的行為瞪大眼睛，下一刻便將睜大的雙眼遮住。

直達腹部的巨響傳入耳中的同時，馬車被刺眼的閃光及煙霧籠罩住。

「GOOGBR!?」

正想抓住馬車貨架的騎兵，頭部像爛掉的果實般滾落在地。

密探以彎曲的左臂當支架舉著單筒槍，剛才肯定是他盡情扣下了扳機。

「多麼野蠻的武器……！」

密探似乎聽見我下意識脫口而出的怒罵，微微聳肩，從腰間拿出一小包用油紙包住的物體。

他咬開封口，將裡頭裝滿的火之祕藥及子彈從槍口倒入。

隨後在馬車上敲了下握柄，鎮定地舉起單筒槍。

我焦慮地——絕對不是因為害怕——望向同族的少女。

對方只是在閉著眼睛喃喃自語，到目前為止，她什麼事沒做吧？

正想開口抱怨個一兩句，圃人友人卻拉了下我的手。

「幹麼？叫我別礙事？」

本想抗議「現在是說這些的時候嗎」，少女異常有魄力的聲音卻制止了我。

「——『卡耶魯姆（天）』……『艾歌（己）』……」

她朗聲說出的是擁有真實力量的話語，連不具備魔法才能的我都感覺得出來。

證據就是掛在我胸前的金色護符，正在發出鏗鏘鏗鏘的細微聲響。

風隨著少女的聲音捲起漩渦，感覺得到大氣在低鳴。身為森人，這是理所當然的。

「『歐菲羅（賦予）』！」

緊接著，一陣狂風在她說出這句話的同時吹過。帶有水氣的強風。

坐騎似乎比騎手更敏銳，只見騎犬同時停下腳步，抬頭仰望天空。

「GORGB……？」

原本在責罵那群狗的騎兵們也終於察覺異狀，望向空中。

黑雲自地平線的另一端湧現，雷龍喉間發出的低吼聲傳來。

片刻之後。那道法術最初的一滴落在地表。

——下雨了。

如墨般的雨水砸向沙漠，蓋過所有的聲音及景色。

當然沒有造成任何傷害（Damage）。只是單純的雨，單純的豪雨。

騎手們先是嚇了一跳，接著馬上發出嘲笑聲，命令犬隻向前。

「KEEEEEEEELLLP！」

然而，在這個情況下，此舉過於傲慢。

雨馬驕傲地放聲鳴叫，馬蹄在沙地上一蹬，飛奔而出。

速度只能用快來形容，比風更快，比日落更快，儼然是暴風雨。

在空中拖出一道痕跡的泡沫鬃毛濺起飛沫，噴到馬車裡面，我眨了眨眼。

圃人友人則咯咯大笑，甚至還吹起口哨外加鼓掌。

同族少女將氣得一句話都說不出來的我晾在旁邊，輕輕吐氣。

「辛苦了。」

「嗯。」

密探開口慰勞她，她微笑著點頭。

「之後只要逃掉就行了。」

「交給我吧。」回答她的是坐在駕駛座的精靈使。「在雨中我絕不會輸。」

「我會幫忙戒備後方。」

知識神神官將野獸抱到大腿上，一面撫摸一面回答。

「蝙蝠之眼在雨中應該也不管用。」

「別挖苦我了。」

密探板起臉來抱怨，拔出刺在車棚上的敵人的箭。

他將那些箭統統扔進箭筒，大概是想補充彈藥。

長度看起來不一樣，是打算勉強拿來使用嗎？在我疑惑之際，他輕描淡寫地接著說：

「哎，要是被追上……」

「不會被追上的。」御者回道。「別忘了繩子的錢。」

密探苦笑著聳肩，改口說道：

「……如果出現新的追兵，到時由我迎擊，妳休息一下吧。」

「我沒那麼累，不過——」

紅髮少女靦腆地笑著點頭。

「你說得對，多保留一些體力好了……我也想把雨維持得久一點。」

她乖乖答應，抱著雙膝坐到馬車角落。

少女的視線沒有落在我或友人身上，也沒有落在跟她是同伴的流浪者們身上，而是望向遠方的天空。

我明白她是祈雨師（Rain Maker）之類的職業，在心中更改對她的評價。

過了一會兒，魔法師少女興致勃勃地嘀咕道：

「……是說，這是我的第一次耶。」

「那個說法有點猥褻。」

神官立刻揶揄她，魔法師錯愕地「咦」了一聲，接著意識到她在指什麼，臉都紅到長耳去了。

「不、不是啦。我說的不是那個……！」

「呵呵呵呵，好啦，妳也到那個年紀囉——青春青春。」

小動物在神官的大腿上愉悅地笑著，扭動身軀，晃動耳朵。

「但我懂妳的心情。畢竟黑手（Runner）很少做這種工作。」

「是啊。我也從來沒想過要來幹這個。」

密探將箭矢裝進連弩的彈匣，感慨地說。

「想不到我們會跑來**剿滅哥布林**。」

「我不想再剿滅哥布林了！」

用力拍打圓桌表達不滿的，一如往常是妖精弓手(Elf)。

她豎起長耳說出這句話，酒館裡的冒險者及女侍們的注意力，只有一瞬間集中在她身上。

他們一副「什麼嘛是那個森人啊」的態度，很快就移開視線，回頭做自己的事。

簡單地說，這僅僅是在午後時分的冒險者公會酒館，一如往常的日常中的一幕。

「怎麼？那要去屠龍嗎？還是要去獵犯人？」

「我不是那個意思，礦人(Dwarf)。」

礦人(Dwarf)道士坐在她對面撐著頰，天還沒黑就在大口喝酒，妖精弓手對他擺了下手。

她晃動高高豎起的長耳，食指在空中畫了個圈：

「你不懂啦。最近我們不是一直在處理哥布林、哥布林、哥布林、哥布林、哥布林嗎？」

「因為他是哥布林殺手先生嘛……」

回話的是坐在妖精弓手對面，身材嬌小的凡人（Hume）女神官。

她露出淡淡苦笑，把玩著手中的杯子，瞄了旁邊一眼。

一名冒險者正在默默用破布擦拭短劍及尺寸不上不下的長劍。

穿戴廉價的鐵盔、骯髒的皮甲，手上綁著一面小圓盾的男子，人稱哥布林殺手。

他微微「呣」了一聲，不曉得是否有聽見其他人的對話。

「我不覺得有問題。」

「哈哈哈，畢竟，那並非值得特地拿來說嘴的冒險故事或武勳吶。」

蜥蜴僧侶（Lizardman）咬了口手中的起司塊。

他一面咀嚼，一面稱讚「甘露，甘露」，大口吞嚥的模樣，儼然是屠戮勇士的龍。

礦人道士笑咪咪地看著他豪邁的吃相，將手伸向圓桌上的餐盤。

他點的午餐是麵包、生豬絞肉、蔬菜，全是平凡無奇的料理。

吃著塗滿豬肉的麵包，他將裝蔬菜的盤子拉往妖精弓手的方向。

「嘿，嚙切丸，小心油滴到飯上。」

「抱歉。」

哥布林殺手嘴上這麼回答，卻沒有停下手，只是將東西從圓桌上移開。

雖說他的劍沒多昂貴，走錯一步棋也將導致致命的大失敗(Famble)。

他可不想遇到拔劍時因為刀刃磨損卡到刀鞘，或與敵人交鋒時第一擊就斷劍這種事。

蜥蜴僧侶停止吃起司，沉吟著伸出爪子。

他說了句「不好意思」，從蔬菜盤裡拿起珍珠洋蔥扔進口中，彷彿把它當成清口的糖果。

女神官猜測，他的眼珠之所以轉動了一瞬間，可能是酸味所致。

——獸人不太吃香草之類的蔬菜呢。

話雖如此，她也不會跟蜥蜴僧侶一樣直接把整顆珍珠洋蔥拿來吃。

她認為這盤醋漬蔬菜非常美味，口感脆脆的。

然而就算是名冒險者，正值花樣年華的少女自然會在意身上的氣味。

反觀妖精弓手，不知為何，總是散發出森林的芳香。

好羨慕喔——女神官倒也不是從未這麼想過。

「潛入洞窟，引出敵人，一網打盡，掃蕩殘敵……貧僧等人不曉得經歷了多少次這樣的冒險。」

「超過十次後，我就沒在計算了。」

妖精弓手可愛地哼氣，朝蜥蜴僧侶擺擺手：

「再陪歐爾克博格冒險的話，可能會把其他怪物都忘了。」

「之前也有遇過吸血鬼和雪男……」

女神官顯得沒什麼自信。她對於現狀並無不滿。

妖精弓手似乎不太滿意她的回答，反駁道「那是冬天的事吧」。

她像在舔拭般，喝了口摻水的葡萄酒，故意嘆氣給他們看。

「釀葡萄酒的時候也是，其他冒險者明明在跟魔神戰鬥的說。」

「沒興趣。」

哥布林殺手低聲說道。

他將擦好的劍收入腰間的劍鞘，投擲用短劍則插進皮帶，大概是終於滿意了。

連妖精弓手那「反正是拋棄式的」的視線，他都沒放在心上。

「在其他冒險者與魔神交戰時對付那群小鬼，是我們的任務。」

「你就是這副德行……是無所謂啦，畢竟如果你突然大叫『受死吧，魔神（Demon）！』也挺詭異的。」

妖精弓手嘆著氣趴到桌上，不可思議的是，連這種動作都讓人覺得優雅。

「妳喝醉了嗎？」

女神官不著痕跡地檢查友人的杯子，倒入適量的水。

「不過，最近確實都是十分平凡的剿滅哥布林委託呢。」

「我們在做的全是剿滅哥布林，就已經稱不上『十分平凡』了。」

「是這樣嗎？」

「沒錯！」

是嗎？女神官疑惑地歪過頭，妖精弓手仰天長嘆，判斷這人沒救了。

到頭來，連這樣的對話都成了再平凡不過的景象，周圍的冒險者也毫不在意。

這名有點詭異的冒險者，以及他的團隊，已經可以說是這座邊境小鎮的日常。

春天登記成冒險者的新人們，也因為其他人都是這個態度，很快就習慣了。

儘管有不少人覺得他只會剿滅哥布林有點奇怪——

「哎呀，有長耳丫頭在真愉快。不愁沒東西下酒。」

「幫忙倒酒的是蜥蜴人(Lizardman)，對不住了。」

「無妨。要是森人來替我服務，會害我酒醒，那種待遇等到外頭玩的時候再享受就夠囉。」

蜥蜴僧侶拿起裝火酒的酒壺，往礦人道士杯中倒入適量的酒液。

礦人津津有味地將它一口喝乾，酒都沾到了鬍鬚上——接著，他忽然瞇起眼。

原因想必在於察覺妖精弓手抖動長耳、從桌上抬起頭來。

她的視線落在公會門口。

哥布林殺手慢了幾秒才有反應，蜥蜴僧侶及女神官也跟著抬頭。

「終、終於，回來了……」

「喂，站好，這樣多難看……！」

「哎呀，肚子好餓喔。走那麼多路，累死人了。」

三名冒險者推開彈簧門走進公會，反應各不相同。

年輕戰士、至高神的聖女、白兔獵兵三人，身上沾滿泥土及血跡。

妖精弓手「唔呃」皺起眉頭，女神官則為那早已習慣的臭味露出苦笑。

「哇、哇，不得了……這次的委託這麼棘手嗎？」

碰巧走出帳房的櫃檯小姐，抱著一疊文件跑過來。

見識過各種冒險者的她，看到三人的模樣依然面不改色，女神官深感佩服。

或許是那一如往常的應對方式，令他冷靜下來了，差點癱坐在門口的戰士用力點頭：

「是很棘手沒錯，不過勉強應付得來。我們完成了剿滅哥布林的委託。」

「幹得好。」

哥布林殺手簡短咕噥道，聖女愣了一下，輕笑出聲：

「嗯，我們還真是幹得挺好的。明明棍棒揮空，投石也沒砸中！」

「哎——幸好最後有順利解決。」白兔獵兵悠哉地接著說。

她——應該是——搔著全身上下混雜褐色的白毛，乾掉的血塊掉了滿地。

女神官起身用水壺裡的水沾溼自己的手帕，衝向三人。

「報告完後，要把身體弄乾淨才行喔？」

「噢，不好意思。」

她先是擦拭起白兔獵兵的頭部及頭髮、臉頰，妖精弓手笑道「搞得好像妳比較年長」。

「雖然我懂妳想照顧後輩的心情。」

這句自言自語，當然是用女神官聽不見的音量說的。

因為她絲毫不打算嘲笑這溫馨可愛的行為。

「先不論貧僧等人，剿滅小鬼之於他們，確實稱得上武勳吶。」

「哈哈哈，沒錯。」

蜥蜴僧侶愉悅地輕喃著，礦人道士則附和道。

「喂，等等也來這邊分享一下你們的豐功偉業！」

聽見騷動聲，在酒館遠處大叫的，是重戰士與他的團隊(Party)。

跟戰士及聖女是朋友關係的少年斥候(Scout)與少女巫術師(Druid)，看似不怎麼擔心……

儘管如此，見到平安歸來的友人，果然還是令人高興吧。他們笑著對一行人揮手。

「冒險成功，請同胞一杯酒才符合規矩。一定要來喔！」

女騎士得意地宣言，獸人女侍拍手附和：

「說得好！意思是各位今天的晚餐會點一——堆菜囉！太棒了。」

「哇、哇，我們沒賺那麼多啦！」

被稱讚、被調侃、被搭話，年輕戰士因為害臊等各種情緒，整張臉都紅了。

其他冒險者——包括連名字都不知道，只認得長相的人——也分別主動向他們攀談。

辛苦了、幸好你們還活著、我賭輸啦，諸如此類。

死亡遊戲(Deadpool)（註2）實在不是值得稱讚的興趣，不過這也是祈求好結果的方式之一。

因為被拿來下注的當事人運氣夠好的話，便會贏得賭局，平安歸來。

註2　原文即寫作「死亡遊戲」，由眾人下注預測某人生死的一種賭盤，亦為漫威反英雄角色「死侍（Deadpool）」化名由來。

既然如此，賺到了錢就該請大家喝一杯——冒險成功一事便成了將人拉來喝酒的藉口。

冒險者公會的喧囂聲固然吵鬧，卻讓人覺得相當自在。

毛皮被女神官擦得很舒服的兔人少女也表示「真熱鬧」。

「對呀。」女神官點頭。「這裡一直都是這種感覺。」

起初會為這點騷動不知所措的自己，如今也徹底習慣了。

她有那麼一點感傷，同時也覺得非常喜悅。

在自己胸前搖晃的鋼鐵等級識別牌，也讓人感到驕傲。

「雖然今天沒有外出冒險，那兩個人肯定也會為你們感到高興。」

「他們可是大前輩，剿滅哥布林這點小事，哪好意思向邊境最強的人提呢。」

聖女苦笑著說，女神官可以理解她的心情，卻故意嘟起嘴，有點像要調侃她：

「哎呀，人稱邊境最優秀的冒險者可是小鬼殺手喔？來，請妳別動。」

「妳這說法會不會有點奸詐？——噢，不好意思。」

臉頰及髮尾上的髒汙擦乾淨後，少女也鬆了口氣。

冒險回程，戰士和斥候都疲憊不堪，身為後衛的自己得繃緊神經才行——她是這麼想的。

——辛苦了。

考慮到她的心情，女神官的手慈祥地輕輕為她擦去汙垢。

「喔，對了對了。這位姊姊，方便打擾一下嗎？」

手中不知何時出現一塊麵包的白兔獵兵晃動長耳，忽然叫住女神官。

「啊，好的，有什麼事嗎？」

女神官停下手，面露疑惑，白兔獵兵說道：

「哎呀，不是什麼重要的事。我在城鎮入口遇見一個人，說是你們的客人。她現在就站在那邊等。」

「咦？」

女神官急忙望向白兔獵兵所指的公會門口，只見一個用外套遮住臉孔的纖細身影。

修長雙腿勾勒出的柔和線條，隔著緊貼著肌膚的皮革長褲都看得出來。

掛在腰間晃動的，則是蘊含耀眼光輝的美麗銀製刺劍。

那人懷念地看著冒險者們吵吵鬧鬧的模樣，嘴角掛著一抹淺笑。

她察覺到女神官的視線，脫掉外套，蜂蜜色的髮絲傾瀉而下。

「各位，好久不見。」

露出靦腆微笑的，是曾經身為冒險者的——那名女商人。

女神官「哇」了一聲，幫聖女擦乾淨臉頰後，急忙跑向女商人。

然後用雙手握緊許久不見的友人的手：

「怎麼這麼突然？妳在信上也沒提到要來——……」

「啊，不，是臨時決定的，加上是因為工作的緣故。公私得分清楚才行。」

女神官喜形於色，女商人顯得有些難為情，卻也藏不住喜悅。

妖精弓手當然不會看漏兩人的互動，快活地嚷嚷：

「好久不見！別站在那種地方說話，過來坐呀！我現在就叫歐爾克博格把東西收乾淨！」

「啊，呃，這樣不好啦……因為我一有什麼事，就會忍不住開始發牢騷……」

女商人害羞地婉拒，看起來卻沒有嘴上說得那麼困擾，被女神官拉著手來到桌前。

這時，哥布林殺手沉吟一聲，收拾好保養武器的道具，清出圓桌的空間。

「既然如此，先來喝一杯吧，喝酒！喂！給這丫頭來杯麥酒！」

礦人道士馬上吆喝，蜥蜴僧侶則補充：「下酒菜也請隨便來幾道。還有起司。」

「我、我不太習慣這種場合……不好意思，那個，好的，請給我一杯麥酒。」

女商人緊張地坐到椅子上，點點頭，看起來沒什麼自信。

別看她這樣，平日可是忙著在宮廷等場合與貴族及富商辯論，所以應該只是還沒習慣罷了。

女神官並未刻意去打探她以前的同伴的情報，不過大概能明白。有機會好好跟大家聚在一起喝酒聊天——是非常幸運的事。

「所以，妳是來這邊洽公的嗎？」

「是的。」

女神官推薦她嘗嘗看麵包及絞肉，女商人點頭應了一聲。

她用頗有貴族氣質的優雅動作將麵包撕成小塊，送入口中吞下。

與妖精弓手自然流露的典雅不同，女商人俐落的優雅舉止，讓她覺得儼然是位公主。

「其實……不對，我打算把這件事當成正式的委託，透過公會請求各位協助。」

女商人停頓了一下，移動視線窺探四周。

整個冒險者公會都專注在歡迎冒險歸來的團隊上，沒人注意這裡。

女商人輕輕吸氣，形狀姣好的胸脯上下起伏，吐出明確的話語：

「有件委託——冒險，懇請各位幫忙。」

下一刻，哥布林殺手會說什麼，女神官瞭若指掌。

不，恐怕坐在這張圓桌前的人都猜得到。

也就是——……

§

「果然是哥布林嗎？」

「是的。」

「何時出發？我也去。」

冒險者公會的會客室。

女神官緊張得全身僵硬，坐在女商人對面，哥布林殺手旁邊。

柔軟的沙發穩穩承受住她平坦的臀部，纖細雙腿踩著的毛毯，厚到甚至足以讓鞋子陷進去。

冒險者們的戰利品排在四周的櫃子上，彷彿在俯視他們。

平常不太會靠近，跟自己無緣的房間——女神官是這麼想的。

頂多只有升級審查時會來。

跟坐在旁邊的哥布林殺手及其他同伴不一樣。

他們實力堅強，是在野冒險者的最高等級——第三階的銀等級冒險者。

自然會接到重要的委託，與來自上流社會的委託人在這種地方交談吧。

自己並非如此。不夠成熟，經驗不足。

儘管現在的她實在稱不上新人，若要問是否有所成長，她也沒自信肯定。

如今卻與哥布林殺手同坐，聽著委託內容的說明。

停留在鋼鐵等級的自己，不禁感覺像是跑錯地方了。

——何況其他人還在樓下等我們……

由於對面坐著女商人，她也不能因為感到不自在就扭動身軀。

女神官只好挺直背脊聽人家說話，至少讓自己像個冒險者前輩。

「其實，東方國境附近發現了大量的小鬼。」

「東方，是沙漠那邊呢。」

聽見女商人的說明，櫃檯小姐點點頭，說著「請用」將散發溫暖蒸氣的茶杯放到桌上。

她泡的紅茶對女神官來說，是喜悅的源頭之一。

女神官用雙手接過茶杯，吹涼後輕啜一口。一股暖意逐漸於體內擴散開來。

女商人動作依然俐落，扶著托盤優雅地享用紅茶。

只有哥布林殺手沉默片刻，咕噥道「是嗎」。

跟著坐下的櫃檯小姐歪過頭，麻花辮在空中搖晃：

「哎呀，您不知道嗎？」

「不知道。」他雙臂環胸，鎧甲深深陷進沙發的椅背。「我沒離開過這個國家。」

若要問意不意外，答案可以是肯定，也可以是否定。

女神官和櫃檯小姐面面相覷，接著跟女商人對上目光。

這名奇妙又性格乖僻的冒險者，不可能優先前往國境，而不去剿滅附近的小鬼。

大部分的人都不會想去瞭解自己住的地區以外的地方，也沒有手段瞭解。

熟悉自己住的村莊附近不就夠了嗎？山峰對面發生了什麼事與我何干。

然而，這句話若是出自爬到銀等級的冒險者口中，應該頗為罕見。

「不過既然有哥布林，那就沒辦法了。狀況如何？」

他一如往常，探出身子提問，女神官不禁揚起嘴角。

「算不上友好國。」

櫃檯小姐面色凝重地回答。身為代表國家的一介官員，她不方便多說什麼。

「東側有幾個國家與本國接壤，那裡，嗯，雖然道路與本國相通——」

櫃檯小姐停頓片刻，聳聳肩膀。

「該國沒有冒險者公會這個設施。」

女神官「咦」了一聲。

關於沙漠另一側的國家，她雖然有點淺薄的知識，這件事倒從來沒聽說過。

「也沒有冒險者嗎？」

「不，有冒險者。正確地說，只是他們那樣自稱罷了。」

——是什麼樣的地方呀？

女神官豎起食指抵住嘴脣，陷入沉思。沒有冒險者公會，但有冒險者的國家。

她自認這兩、三年來增廣了不少見聞，可是世界很大，有太多事情她不知道。

——「世上有許多知識比我更豐富的人」嗎。

她想起哥布林殺手曾經說過的話，點頭。

既然如此，她該做的就是親自去聽、去看、去記憶、去學習。

那位年紀與自己相差甚遠的友人不是教過她了嗎？探索未知的事物，是多麼崇高的一件事。

「那麼，那個國家為什麼和我們交惡呢……？」

「還請稱之為『非友好』。」

面對女神官的疑問，櫃檯小姐微笑著委婉糾正她。看來政治是很複雜的。

「前任——噢，是他們那邊的——國王在位時，兩國之間互動還算頻繁。」

然而改朝換代後，該國內部就開始嚴格管制外國人入境。

聽說政府還持續徵兵、調集武器、組織軍隊，散發出動盪不安的氛圍。

過去對抗魔神王的時候，該國也曾讓自稱傭兵或義勇軍的士兵進入這個國家。

說是偶然待在當地的**勇士**，自告奮勇為民眾挺身而出……

巧的是，正好有許多攜帶武器及馬匹，甚至受過訓練的旅人位在那一帶。

「……這個，該怎麼說呢。」

難道不是強詞奪理？女神官急忙將差點脫口而出的話吞回去，櫃檯小姐露出微笑。

不，這比較接近……裝出笑容吧。女神官點頭。

「總而言之，基於這些往事，兩國的關係不太好——」

「不過，哥布林變多了。」

女商人打斷櫃檯小姐說話，聲音低沉。

她的茶杯初次發出聲響，聽起來簡直像拔劍出鞘的聲音。

「而且極有可能入侵我國土……不能坐視不管。」

必須調查。她如此說道，緊抿雙唇。

恐懼、害怕、猶豫。輕而易舉就能從她緊緊握拳、顫抖不已的雙手看出這些情緒。

女神官卻在女商人眼中看見了火焰。蒼藍、冰冷、帶有寒意的火焰。

她覺得自己看過那火焰，吸氣，吐氣。吐出沉澱於胸口的東西。

——可是。

一這麼做，攝入氧氣的大腦便開始順利運作。

非友好的鄰國。沒有冒險者公會的沙漠之國。散發危險氣息的國家。

哥布林入侵了。要前去調查。由冒險者出馬。

——這委託……大概不屬於她。

而是比御用商人更有地位的人。搞不好在劍之聖女之上。

女神官腦中閃過潛入那座「死之迷宮(Dungeon of the Dead)」時遇見的宮廷裡的人。

過去的自己——會如何呢？搞不好會對這種事抱持嫌惡感。

但不可思議的是，如今她並不會這麼想。

有部分是因為以委託人身分出現的，是自己珍視的朋友。

雖然有些難為情而開不了口……她覺得對方就像自己的妹妹。也明白她有過悲慘的經歷。

因此想要不計得失幫助她的心情，湧上心頭。

在盜賊(Rogue)公會見識到哥布林殺手跟人交涉的場面，也對她造成頗大的影響。

這個世界上，也存在暗地裡解決會比較好的事吧。

也有不是該由政府出面，必須讓冒險者去做的事吧。

回想起來，她之所以能遇見現在待在自己身邊的可貴同伴，也是因為那類型的事件。

——有緣。

思及此，心情便輕鬆了些。政治真的很複雜。

「不過……那不是金等級的工作嗎？」

因此，女神官拐了個彎委婉地詢問。

國家規模的事件，由金等級負責處理——應該是這樣。照理說。

「是的。我想請各位在我去那邊談生意時，擔任我的護衛……」

女商人緊繃的表情放鬆了一些。是覺得不好意思……在害羞嗎？

就算是委託人與冒險者的身分也好，希望能再跟這群人一起冒險……

——倘若她是這麼想的。

沒有比這更令人高興的事了。女神官點頭。女商人吁出一口氣。

「不過，這起事件實在不能委託鋼鐵等級的冒險者呢。」

櫃檯小姐彷彿潑了一桶冷水。女神官瞬間語塞，女商人則繃緊神情。

刻意當著他們的面整理女商人繳交的文件，櫃檯小姐臉上依然掛著笑容。

簡單來說，就是經驗差距吧。女神官心想。

單論處理過的委託數量，櫃檯小姐遠遠超出他們不只一個等級。

女商人雖然也累積了不少經驗，終究是最年輕的人。女神官也只比她好那麼一點。

她抬頭望向身旁的鐵盔，只見他低聲沉吟，毫不猶豫地開口：

「不過，有哥布林吧。那我就會去。」

「是的。」櫃檯小姐展露柔和微笑。「哥布林殺手先生沒有問題。」

「那麼，讓她休息也無妨。」

「但委託人提出委託的對象是她。」

女商人發出分不清是「啊」還是「唔」的微弱聲音。

女神官瞄了一眼，那種表情已經消失得不見蹤跡。

雖然不能說是被她轉移了注意力，這導致女神官沒有立刻聽懂櫃檯小姐接下來說的話。

「所以，把這個任務當成升級審查吧！」

櫃檯小姐帶著滿面笑容拍了下手。並非裝出來的，而是自然的笑容。

「咦。」女神官眨了下眼。「升級——是升級到藍寶石嗎!?」

她反射性起身，立刻羞紅了臉，急忙坐回沙發上。

從第八階晉升至第七階。明確意味著從新人通往主要戰力的第一步。

自己將成為「冒險者前輩」，而不只是「新人中的前輩」。

女神官下意識握緊胸口的識別牌。心跳加速。

「畢竟是要去危險——」櫃檯小姐清了下喉嚨。「更正，局勢不穩的鄰國嘛？」

——真是比不上她呢。

女神官心想。怎麼辦？該如何是好？女商人的眼神也透出一絲動搖。

「那、那個……」

女神官再度抬頭望向哥布林殺手求救，他沉吟一聲：

「既然如此，妳接不接受，不該由我決定。」

無論如何，他都打算前往。

理所當然，女神官有種這件事再正常不過的感覺。

沒人問她具不具備足夠的能力，也沒人勸阻她。

全是要由她——由自己一個人決定的事。

耍小聰明的說法和理由，要多少有多少。可是，不過。

——保護、治癒、拯救。

自己是為了什麼才投身這個行業，原因顯而易見。

女神官咬住下唇，一口氣說：

「我要……接下這件委託！」

看得出櫃檯小姐露出喜悅的笑容。女商人瞇起眼睛，彷彿在注視某種耀眼之物。

身旁的他，在鐵盔底下帶著什麼樣的表情呢？女神官無從得知。

只不過，她很清楚自己激動得心臟狂跳。

自己——想成為冒險者。

§

「所以，請告訴我關於沙漠的情報！」

「麻、麻煩您了……！」

還真突然啊。長槍手搔著頭，這是他結束冒險，回到公會後過沒多久的事。

他不耐煩地趕走好奇地看過來的其他冒險者，確認狀況。

在眼前向她低頭的，是那個怪人的團隊裡的女神官。

跟她一起鞠躬的——姿勢真漂亮——少女則沒見過，是貴族嗎？

魔女在旁邊「呵、呵」愉悅地笑著，狀況惡劣到了極點。

——這樣的話，只能一頭栽進去了。

再說，女孩子有事拜託自己，卻想找理由逃避，未免太過難堪。

話雖如此……

「怎麼不去問那傢伙？」

這一點他很在意。不如說這反而是最該問的問題。

要賭上性命的不是自己，就不該不負責任地對其他人的團隊指指點點。

© Noboru Kannatuki

「呃，那是因為……」

女神官支吾其詞，露出不像害羞的奇妙表情，搔著臉頰回答。

「他說兩位的異國經驗比較豐富，建議我來問你們……」

長槍手「唔」了一聲。人家都這麼說了，他哪有辦法拒絕？

——臭傢伙。

長槍手拚命壓抑住內心不滿的情緒，故作鎮定。

若沒辦法在後輩——何況還是女性面前拿出前輩的樣子，太丟銀等級的臉了。

講好聽點叫謙虛踏實，不過缺乏自信的男人又有哪裡值得依靠？

外在及內在、自信及實力是相輔相成的。長槍手不想缺少任何一方。

儘管要被人稱為大英雄還有一小段距離，總該以與之相應的態度示人。

他看了櫃檯一眼，確認自己想找的櫃檯小姐也在看這邊後，點點頭。

「先換個地方吧。讓女性站著說話，會影響我的評價。」

長槍手表現出「這是為了我自己好，妳們別介意」的態度，將場所轉移到等候室的長椅上。

靜靜跟在後頭的魔女帶著彷彿看穿了一切的微笑，但這也不是一、兩天的事。

從拉下臉皮請她教自己識字、使用法術的那一刻起，就大致被看透了。

——但這不代表我可以不顧形象。

在這方面，自己跟那個怪人和重戰士的觀念似乎不太一樣。

——大概是有後輩跟在身邊的差別吧。

思考了一會兒，最後他選擇將得不出結論的問題拋到腦後。

因為他八成不會有收學生、弟子之類的新手加入團隊，進而教育他們的一天。

幾十年後，等他退休倒是可以考慮看看。僅此而已。

「所……以……妳們，想問……沙漠的，情報……對、吧？」

由於長槍手陷入沉思，主動開啟話題的是魔女。

她優雅地取出菸管，用指尖輕敲前端點火。

緩緩吐出的煙霧纏繞在性感的身軀上，態度十分輕鬆愜意。

坐在對面的兩位少女則全身僵硬，雙手放在大腿上用力握拳，形成對比。

聽說她即將脫離新手身分，朝中流砥柱的領域踏出一步——……

——哎，會緊張是正常的。

長槍手忍住笑意。這條路就是要提心吊膽地走在上面。

「是的。只不過，呃，我們對沙漠一無所知，所以不知道該從何問起……」

「聽說那裡很熱，必須做好防曬措施。」

女神官與女商人同時開口。

「缺乏防曬手段確實會很難受，會被日出之神抓去宰掉喔。」

長槍手語帶威脅，兩人「咦」地面面相覷。

「那個——」女神官戰戰兢兢開口詢問，「那裡明明沒高山，卻有日出之神嗎？」

許多人相信，日出之神是住在山頂的一介惡神。

祂會撲到在炎熱夏日工作的人背上，死抓著不放。

如此一來，人類的精力及生命力都會耗盡，意識模糊，最後導致死亡。

無法確定祂是死於飢餓的靈、地底的惡靈，抑或其他存在。

長槍手也碰過一、兩次日出之神。

那是他獲得金屬甲冑、興奮地穿在身上——尚顯生澀的時期。

仔細想想，在故鄉的酒館遇見的老傭兵也笑著說過，行軍途中經常有騎士忽然落馬而亡。

「在我看來，那大概是一種瘟神吧。」

隨便啦——長槍手甩甩手。只要知道對策，日出之神根本不成威脅。

吃口軍糧，補充水分，在樹蔭下休息片刻即可。

然而沙漠中沒有樹蔭，打從一開始就不能被抓到。

「況且沙漠可不是只有熱而已。」他說。「晚上冷到不行。」

「冷。」

這次換女商人眨眼。不曉得是不是錯覺，她好像有點臉色發青。

「那個……跟雪山一樣冷嗎？」

「對、呀。」魔女點頭。「差不……多。」

大概只有長槍手發現女商人抖了一下。

她輕輕撫摸被頭髮蓋住的後頸，也許是有過不好的回憶。

魔女斜眼看了她一眼，接著說道：

「所……以，要用又薄，又輕的……布，遮住……從頭……到腳。」

「最好不要露出肌膚。會晒傷。」

長槍手說道，瞥向兩人標致的臉龐。

水嫩白皙的肌膚要是晒得紅腫，彷彿被火烤過，實在太糟蹋了。

珍貴的寶物當然要保護好。長槍手仔細地叮嚀兩人。

「從上到下都要蓋好。去買件薄外套，素材要麻製，寬鬆一點的。」

「下面也要？」女神官面露疑惑，長槍手告訴她「有反射光」。

沙地反射陽光，綻放耀眼光芒的畫面，非得親眼看過才有辦法理解。

「真的跟雪山一樣呢……」

女神官卻「原來如此」興味盎然地點頭，豎起纖細的食指抵在脣上。

——對喔，她好像去過兩次雪山？

記得去年冬天，他跟那個戰士及聖女的團隊一起去過。

什麼嘛。長槍手微微揚起嘴角。這不是累積了不少經驗嗎？

所謂的經驗，不僅限於和怪物戰鬥。

成長不單純只是通過能力審查，或習得新招式。

不明白個中差異的人很快就會走錯路，斷送性命。

回過神時，她已經穩穩踏出步伐，邁向前方了。

——雖然當事人應該毫無自覺。

這也沒辦法，誰叫她身邊都是銀等級——……

「除此之外，還有什麼要注意的嗎？」

直線刺過來的聲音，將沉浸於感慨中的長槍手拉回現實。

定睛一看，女商人澄澈如玻璃珠的雙眸對著他。

腰間掛著劍，想必不是徹底的外行人。

看來她也一樣，累積了相應的經驗。

「噢，抱歉。」長槍手低吟，並接著說下去。要教的事有很多。

「首先是流沙。會流動的沙子……」

還有風。住在沙漠的怪物。旅程。休息方式。關於沙漠的城鎮。

長槍手無法完整回答的問題、沒提到的細節，則由魔女斷斷續續地補充。

這是他們在一無所知的情況下踏入其中，歷經多次失敗所得到的知識。

他並不打算無償提供。只會動動嘴巴要他人解惑的傢伙，不可能明白這些知識有多少價值。

不過，引導有上進心的人就另當別論了。長槍手是這麼想的。

女商人認真地頻頻點頭，用鋼筆在筆記本上書寫著什麼。

旁邊的女神官則低聲複誦兩人傳授的知識，專心將它記在腦海。

相似之處明明只有蜂蜜色與金色的髮絲，看起來卻像一對姊妹。

想到這些孩子之後能結束冒險，平安歸來——……

——感覺真不錯。

……這時，魔女似乎想到了什麼，搖搖菸管吐出煙霧：

「欸……妳……不用，寫下來……嗎？」

「啊，是的。」

女神官一副理所當然的態度，點頭說道。

「因為萬一洩漏給其他人知道，會很麻煩。」

長槍手默默抬頭。只看得見天花板。

「怎麼了嗎？」

詢問他的語氣絲毫不覺得這有什麼不對。不曉得是女商人，還是女神官，抑或兩人都這麼認為。

「……哎，算了。」

這樣不太好，不過算了。就這樣吧。責任不在他身上。

混帳東西。長槍手低聲抱怨，繼續將自己的知識傳授給兩人。

旁邊傳來魔女的輕笑聲，聽起來與某位神明極為相似。

§

——今天好晚喔。

她忽然心想，停止攪拌鍋裡的燉菜，輕輕伸了個懶腰。

隔著掛吊在空中的鳥籠裡的金絲雀和窗櫺望向窗外。

昏暗的夜色中，微弱的橘光從倉庫縫隙間透出。

他在那裡。光是知道這點，臉上就漾起淺笑。

晚歸本身並不罕見。因為他一天到晚出去冒險。

假日——不知道算不算得上就是了——他也會因為各種原因外出，或是幫忙牧場的工作。

牧牛妹之所以覺得「今天」很晚，是因為他一直待在倉庫。

外出歸來後，他說有些東西要調查，自中午開始便沒出來過。

他將好幾年前別人送他的大量書籍的一部分收在倉庫。

大部分的書都捐給冒險者公會了，當時她也有幫忙運送——……

——書啊。

虧他有辦法看懂。

她受過一些教育，所以懂得讀寫文字。

基本算術也不是不會，因為牧場的工作經常用到。

但看書很難。

念書很難。

儘管不學習應該也生存得下去，若想過更好的生活，八成得吸收更多知識。

例如今晚，舅舅要參加的會議也是。需要懂得要如何做生意。

——舅舅也真辛苦。

她不禁有種置身事外的感覺，笑了出來。

現在確實不關她的事，不過，這樣的日子還會持續多久呢？

舅舅也會變老。雖然浮現在腦海的全是小時候的記憶，仔細一看……會發現他真的老了。

好複雜。

她嘆了口氣，拍打臉頰，轉換心情。

「……好。」

既然決心已定，就該立刻採取行動。

因為只顧著鑽牛角尖，最後就會變得什麼都不敢做。任何事都一樣。

她點點頭，在櫃子裡摸索，拿出收在裡面的露營鍋。

鑄鐵製的小鍋一如其名，是在露營時用的攜帶式廚具。

她將大鍋裡的燉菜盛到裡面，蓋好蓋子，順便附上兩片麵包。

然後拎起湯匙、酒壺、杯子，鍋子則掛在另一隻手上，來到室外。

——完全是夏天的天空呢。

掛在頭頂上的是雙月及星海。

從口中呼出的氣息不是白色，溫暖的空氣及清涼的微風參雜在一起。

牧草搖晃的窸窣聲傳入耳中，似乎還沒睡的牛在遠方叫著。

定睛凝視，還看得見道路前方的街燈。

她看了這熟悉的景色一陣子，小步跑向倉庫。

然後因從門縫透出的光芒瞇起眼睛，輕輕推開門，鉸鏈發出細微的吱嘎聲。

「……晚餐煮好了喔？」

「好。」

他的回應只有一句話。聲音跟平常不同，清晰可聞。

倉庫最深處擺著一排櫃子，塞滿她不太明白那是什麼的道具。

他坐在那裡，在油燈的燈光下翻閱書頁。

沒穿鎧甲，沒戴鐵盔。默默專注於某件事上的模樣，令她覺得有幾分懷念。

因此她不想打擾他，躡手躡腳地走進去，反手關上門。

「你在看什麼？」

「調查沙漠。」

——莎末？

她歪過頭，沒能立刻理解那個詞的含意。

莎末。砂墨。紗默。沙漠——噢，沙漠。

她的思緒推敲出某個結論，不過也只是聽懂了那句話的意思。

畢竟，她不太能想像他在調查哥布林以外的東西。

當然——小時候，他經常認真詢問姊姊各種問題。

「有收集了那個國家故事的書，不過其他國家的故事也混在裡頭。」

神燈與精靈的故事、滿身灰的少女的故事，他啪啦啪啦地翻著書頁，搖搖頭。

「以前認識的人也說過……若不親自去一趟，就不會懂。」

「意思是，你接下來要去沙漠的國家囉？」

「大概。」

「這樣呀……」

——是什麼樣的地方呢？

以前聽說過……好像是東方國境另一側的國家。

聽說那邊的人會騎某種背上長瘤的驢馬……

她輕聲說道，他喃喃回應「似乎真的有那種生物」。

——我還以為是童話故事……

不過既然叫做沙漠，那裡肯定全是沙子。

她想像著漫無邊際的沙地，皺起眉頭。

從未見過的神祕景色，僅僅是等同於孩童塗鴉的空想。

最後，她將模糊不清的景色扔到一旁，靜靜站到他身後。

她坐到地上，和他背靠著背。身後傳來明確的觸感及體溫。

「菜要涼掉了喔？」

「嗯。」他簡短回答，停頓了一會兒後說道：「等等再吃。」

她思考片刻，露出無奈的笑容。

兩人認識很久了——就算不計中間的五年。她一眼就看得出他正在煩惱。

「是很複雜的地方嗎？」

© Noboru Kannatuki

「不知道。」他說。「從來沒去過。」

是嗎——她點頭，他回答「對」。

「畢竟是外國嘛。是第一次呢，好厲害。」

牧牛妹雙手一拍，天真地為他感到高興。

她自己也沒去過其他國家。這不是很厲害嗎？

——雖然大家帶我去過森人的村落。

那裡跟外國、異國，還是有那麼一點不同吧。

一般人一生都無法目睹一次的美麗景色，是她珍貴的回憶。

不過以其他國家為舞臺大顯身手，不正是如假包換的冒險嗎？

「妳也沒去過。」

他簡短地說。聽起來像沉吟聲，像硬擠出來的聲音。

「所以我不知道……是否要問妳，會不會介意。」

「啊……」

——原來。

原來如此。

很久以前，她獨自去了他沒去過的城市，兩人因而大吵一架，自此分隔兩地。

這次反過來了。

所以——他才會莫名不安吧。

想通原因，她笑了出來。

彷彿要先一步打斷回過頭的他發出咕噥聲，「嘿」地抱住他的頭。

「……做什麼。」

他語帶困惑，讓她覺得非常有趣，一把將眼前的頭髮揉亂。

他任憑擺布，沒有抵抗的意思，感覺像隻溫馴的狗或其他動物，挺不可思議的。

「欸，你不是想當冒險者嗎？」

「……」

他沒有回應。可是，也用不著他回應。

——那就得去冒險囉。

她就這樣摟著他的頭，輕聲呢喃。

這次他同樣沒有馬上回應。

不久後，他開口詢問：

「……是嗎？」

「對呀。」

沒錯。她點頭，像在囑咐他似的又說了一次。

「所以，我覺得你應該好好吃飯，睡飽一點再出門。」

「……」

他簡短「嗯」了一聲，仍然沒有抵抗，點了下頭。

她將鍋子拿到手邊，打開蓋子，與他一同分食麵包和燉菜。

燉菜雖然有點冷掉，她還是覺得自己煮得很美味。

無論何時都是這樣。

第2章 『自由街道的戰士』

Free Way

Goblin Slayer

He does not let anyone roll the dice.

「那麼鱗片僧侶閣下，保重。」

「嗯。願閣下也能邂逅一場精采的戰役。」

在獨眼女將軍的目送下，冒險者們的馬車越過國境，駛向中間世界(Middle World)。

離開邊境小鎮，已經過了一個多禮拜。

碧空如洗，微風捎來草原的香氣，是一趟平穩的旅程。

更重要的是，女商人安排的馬車十分高級。

在女神官的認知中，馬車頂多是附帶車棚的貨車，所以頗為驚訝。

絲綢靠墊、舒適的椅子、可以把腳伸長的寬敞空間。

再加上不會搖晃！

手握韁繩的女商人說，車子底下裝了彈簧，不過在女神官耳中——

——鐔磺？

聽起來是這樣的。

然而，完全想不通其中機關的不自在感，最後也沒維持多久。

因為坐在高級的客車上，後面跟著載行李的馬車，自然會有種自己是公主或王公貴族的感覺。

——之前坐過的大主教(Archbishop)大人的馬車，是私人用的……

這次則不同。是由商會的管理人所安排，貨真價實的高級馬車。

女神官發自內心為這難得的體驗感到喜悅。

「唔。」妖精弓手則鼓著臉頰。

「你們看起來感情真好～」

她晃動長耳，像在調侃似的對蜥蜴僧侶張開嘛起來的嘴：

「怎麼認識的呀？雖然剛才說過了，你跟她……看起來感情真好。」

「沒什麼，單純舊識。」

蜥蜴僧侶不慌不亂，維持坐姿緩緩搖晃長脖子。

「噢，說是以前，可沒有一、兩百年那麼久。」

「這點小事我怎麼會不知道。」妖精弓手挺起平坦的胸膛。

「命定者所謂的『以前』，差不多就五十年前吧？」

「哈哈哈哈哈。」

見她一副理所當然的態度，蜥蜴僧侶輕笑著不去明言。

或者也可能是把她的話當成在開玩笑。

「該說是往日的戰友，還是曾經的雇主呢……」

「朋友的意思？」

「算是。」

哦，是喔。妖精弓手冷淡地說，躺倒在馬車座椅上。

光用這句話描述會覺得她很邋遢，森人的動作卻只能以優雅一詞形容。

也許是因為與豪華馬車的裝潢相襯，這副姿態顯得還挺有模有樣的，不可思議。

因此，礦人道士哼的這口氣不是針對她的姿勢，而是她的穿著。

「話說回來，妳不能換套衣服嗎？」

「咦，這樣穿沒什麼奇怪的吧？」

她腳一甩撐起上半身，身上的衣著與平常相去甚遠。

一行人接下來要面對的，當然是異國之地，在沙漠的冒險，因此各自都備齊了裝備。

哥布林殺手也在平常穿的鎧甲外面套了件外套防晒，再正常不過。

金屬鎧甲被太陽晒了會發燙，姑且不論這點，底下也十分悶熱，搞不好會因此送命。

她——妖精弓手的裝扮，卻有點太過頭了。

用輕薄布料製成的長版長袖上衣，再加上綁腿帶，連頭上都纏著一塊布。

腰間有用腰帶束緊，看起來挺便於行動的，不過……

「我還在想妳怎麼去鎮上買了那麼多東西，就是因為這樣才會沒錢。」

「哎呀，礦人。種子也一樣，一直囤積著不播種會爛掉喔？拿來用才能循環不息。」

「……妳偶爾也會說些有內涵的話嘛。」

不發芽才奇怪呢。妖精弓手碎碎念道，礦人道士似乎放棄勸她了。

妖精弓手將他聳肩的動作視為敗北宣言，愉悅地搖晃長耳，往駕駛座探出頭：

「謝謝妳幫我挑衣服。」

她展開雙臂，彷彿要炫耀自己身上的服裝。

「既然要去異國，就會想穿穿看那個國家的服裝。我超高興的！」

「咦，啊……」

妖精弓手突然向自己搭話，導致女商人握著韁繩，發出不知所措的聲音。

「不會。我其實也不是很瞭解……妳喜歡就好。」

只要瞧瞧那微微泛紅的耳根子，一眼就看得出她並沒有感到不悅。

女神官加深笑意，決定稍微幫重要的朋友一把。

© Noboru Kannatuki

因為她自己也不習慣被人稱讚。

「雖然我不懂經商，但妳應該見識過許多異國的東西吧？」

「看過跟經手過的商品都很多。但我從來沒自己穿過……」

或許是因為話題轉移到自己熟悉的領域，女商人似乎放鬆了些，點頭回應。

「不過在店裡……那個……」她支吾了一瞬間。「……幫朋友挑衣服，感覺又——」

「不太一樣？」

「是的，完全不同……我很緊張。」

女神官輕笑出聲，女商人害羞地低下頭，輕輕撫摸被衣領遮住的後頸。

在場的人統統知道該處有什麼痕跡。

在這種情況下，她還能如此鎮定，是多麼值得高興的事啊。

「早知道姊姊結婚的時候，也找妳一起去就好了。」

妖精弓手顯得有點遺憾，雙腿晃來晃去，乾脆地改變話題。

不執著於同件事，不知是森人的作風，還是出於她自己的個性。

——兩者皆然吧。

女神官如此心想，望向女商人，女商人也微微揚起嘴角看著她。

兩人目光交會，相視而笑，妖精弓手「嗯？」面露疑惑。

「沒什麼。對吧？」

「對呀……什麼事都沒有。真的。」

「是嗎？那就好。」

森人少女望向窗外，用力拍了下手。

「對了，之後妳也來我的故鄉看看吧。大家正在開宴會，一定會歡迎妳的！」

「咦，啊……」女商人困惑地眨眨眼。「可以嗎？」

「這還用說！」

妖精弓手豎起長耳，食指在空中畫了個圈。

「我幫妳寫介紹信！因為不曉得到時我能不能陪妳一起去。叫他們幫妳做禮服吧！」

「謝、謝謝……」

女商人緊張地低頭道謝，妖精弓手則信心十足的樣子。

女神官看著兩位友人，忽然想到。寫介紹信，意思是——

——代表她是森林公主的朋友呢。

那位年輕的森人之王會有什麼樣的反應？至少他的妻子一定會很高興。

因為那兩個人深愛著這位天真無邪的妹妹。

在她想著這種事的時候。

「哇……」

馬車窗外的景色，令女神官忍不住睜大雙眼。

綿延不絕的綠色草原換成了白沙，彷彿被畫筆一筆蓋過。

「好壯觀……我還以為會慢慢變成沙漠。」

「我也是第一次親眼看見。」

女商人點頭回應女神官下意識脫口而出的自言自語。

窗外的景色瞬間一變。

——來到好遠的地方了。

頭上無垠的藍天感覺起來特別低，離自己很近，更讓她有這種感受。

將頭探出窗外，拂過臉頰的風又熱又乾。

這裡離王國的西方邊境很遠。

「……差不多該幫車輪裝防滑板了吧。」

車內響起低沉的人聲。

用不著說明，是始終默默坐在車內的哥布林殺手。

不要突然說話好不好。妖精弓手皺眉抱怨，他看起來卻毫不在意。

他慢慢伸長四肢，繫緊骯髒鎧甲的扣具。

女神官見狀也連忙綁好鬆掉的腰帶，束緊鍊甲。

休息時鬆開防具是鐵則，之前他教過的事已養成習慣。

「你、你醒著呀？」

「只是小憩。」哥布林殺手簡短回答女神官。

「出到境外，很可能遇上小鬼……喂。」

「是，我立刻停車。」

女商人接著回應。她拉緊轡繩，放慢馬匹的速度。

後方的貨車大概是見她的馬車減速，似乎也跟著停下。

哥布林殺手隔著窗戶確認狀況，礦人道士及蜥蜴僧侶也回過頭。

「怎麼做？」

「這還用問？是吧，長鱗片的。」

「眼下最該做的是……」

三名男性互相對視，同時伸出握法各異的拳頭。

「……唔。」

哥布林殺手低聲沉吟，走下馬車。

得幫車輪裝上防滑板才行。

妖精弓手心不在焉地看著在高中繞圈飛行的鳥。

「有必要裝防滑板嗎？」

她很快就跑出馬車，跳到車頂上。或許是對待在靜止的馬車裡沒有興趣。

才剛說完「好和平喔——」妖精弓手便伸長脖子觀察車輪。

「第一次用在沙地上。不能保證。」

以森人來說，她屬於特別沒耐心的類型，回答她的哥布林殺手卻冷靜沉著。

他將繫成蛇腹狀的木板鋪在馬車車輪旁，向坐在駕駛座的女商人揮手打信號。

她點頭將馬車稍微往前開，車頂上的妖精弓手「噢」了一聲。

「在雪山的時候，有時腳或車輪會陷進雪裡，無法行動。沙地說不定也會。」

「是是。歐爾克博格最擅長的『以防萬一』對吧。」

將墊在車輪下的木板串捲成圓形，裹住車輪，妖精弓手輕盈地從他的鐵盔上跳過。

咚一聲降落於沙地上的腳尖，並未揚起任何沙子，她像在跳舞般走了幾步。

當然沒有留下足跡——她可是上森人。

「……我倒覺得沒必要。」

「那就吸收這次的經驗，下次改進。」

「是是。」

妖精弓手聳聳肩，笑著回應哥布林殺手。

因為這個奇怪的冒險者行事周到，不是一天兩天的事了。

「怎麼樣，嚙切丸？能行嗎？」

接著輪到礦人道士的聲音從車窗傳出，露出一副「我看也不必問了」的態度。

因為這組防滑板是由礦人製作的。

他會確信無論如何都不可能有問題，再正常不過。

「實際上路才知道。」

哥布林殺手搖頭。

「我的裝法未必正確。」

「即便按步驟執行，文件也偶有疏漏之處吶。」

綑綁多少重量的行李要用多少根繩子，雖然有固定的數量，綁法卻不固定。

有時會發生令人失笑的意外，有時也會發生行李墜落，導致馬車翻覆的重大事故。

笑著用「失策」、「無能」一語帶過，不會帶來進步、改善及發展。

就像打鐵必須經過加熱、敲打、冷卻等步驟，礦人比誰都還要清楚。

礦人道士從窗戶探出矮小的身軀，望向車輪，悠然點頭：

「之後還得換個蹄鐵……」

「蹄鐵。」哥布林殺手咕噥道。他當然擁有這方面的知識，但這件事他並不曉得。

「在沙漠連蹄鐵都要換嗎？」

「聽說沙漠的居民會幫馬換上圓盤型的蹄鐵。」

推測是要避免馬蹄陷進去，或是在沙地行走時比較不會對馬蹄造成負擔。

聽完礦人道士的補充說明，哥布林殺手低聲沉吟。

他想著回去後，要去問問看牧場主人。

因為那個人比自己更懂家畜。

「目前就先用稻草捲一捲，做成草鞋吧……」

「還有記得讓馬喝水，趁現在把草也餵一餵。」

礦人道士抬頭瞪向掛在高空燃燒的太陽。

「哎，趁鐵盔燒起來前完事唄。」

「我是這麼打算的。」

遠方傳來妖精弓手在大喊「好——熱——喔——！」

跟在後頭的貨車，馬夫也開始進行橫渡沙漠的準備。

妖精弓手瞥了那邊一眼，問他「要我陪馬聊天嗎？」哥布林殺手用無機質的聲音回答「有勞」。

她輕快地跳到馬旁邊，對牠說了兩三句非人的話語。

哥布林殺手默默為第二、第三個車輪裝上防滑板。

在隨著他的動作吱吱嘎嘎前後搖晃的馬車中，女神官用手指按著眉間，試圖將這些知識統統記在腦海。

總有一天——總有一天，她說不定會獨自前往沙漠，與小鬼戰鬥。

儘管她完全無法想像那個狀況。

——能事先做好準備的話就好了。

所謂有備無患，也就是準備得再齊全都不嫌多。

不過，只要有準備，有時就會派上用場。雖然不是常態，派上用場的時候總是令人慶幸。

「……不過，我還以為……是更像雪橇的東西。」

為此該先解除這個疑惑。

聽見她的自言自語，蜥蜴僧侶眼珠子轉了圈，探出上半身。

因為來自後輩的疑惑，無論何時都令人欣慰。

「做法不只限於一種。」

同樣是馬車，也有分兩輪四輪，單馬雙馬等各種種類。

從載貨量到速度，乘客的訴求也是千差萬別。

「貧僧等人的選擇並非絕對正確，但也沒有錯，乃理所當然。」

「原來如此……」女神官點頭。這樣她就懂了。

「何況，有時也會遇到天之火石突然從天而降這種事。」

凡事總有意外。

蜥蜴僧侶從袋中取出軍糧——不，是解嘴饞用的起司，一口咬下。

女神官苦笑著看他大喊甘露，提出下一個疑問：

「這邊的人都是怎麼做的呢？」

「這個嘛……到了目的地遲早會知道。馬是只能在草地生活的獸類。」

蜥蜴僧侶轉動長脖子，重新捲好尾巴，調整坐姿。

「這就意謂著，馬需要有水跟草才跑得動。既然如此，就是靠馬以外的生物吧。究竟……」

「……他們騎的好像是長瘤的驢馬。」

駕駛座傳來略顯顧慮的微弱聲音。

女神官看向那邊，女商人盯著正在整理韁繩的雙手，接著說道。

「不過，聽說那邊的驢馬反而無法在我們的國家生存。」

「喔喔。」蜥蜴僧侶喉間發出興味盎然的聲音。「商人小姐經手過？」

「只有一次。」女商人點頭。「牠無法順利行走，而且還得了病……」

女神官邊聽邊認真思考，最後決定詢問沒有得出答案的問題。

「呃，那個瘤……是長在頭上？」

「不。在背上。」女商人停頓片刻。「像這樣，類似丘陵……或山峰。」

哦……女神官發出讚嘆聲，更正腦中的想像圖。

因為她原本想像的跟獨角獸一樣的驢馬，似乎是錯誤的形象。

「妳果然……知識淵博呢。真厲害。」

沒有的事……女商人臉朝向下方，耳朵依然是紅的。

女神官輕笑出聲，她便更加害羞地低下頭。

過沒多久，哥布林殺手鑽進馬車說道「好了」。

接著。馬車濺起沙粒，在沒有鋪路的沙地中疾駛而出。

街道只是徒有其名。風帶來浪濤般的沙子，很快就將道路掩埋。

能當成路標的，只有一半被埋在沙中的道祖神——交易神的石像。

一行人只能仰賴它前進，走錯一步路，想必會在沙漠中渴死。

女神官卻——不，不只是她，妖精弓手、女商人，都著迷於眼前的景色。

太陽傾斜，陽光轉為紅色後——整片沙地都染上鮮豔的淡粉色。

天空是紅與藍混合而成的紫色，雲朵在殘光的照耀下燃燒白光。

火熱的風還捎來隱約有股甜味的神祕氣味。

「這是……花香。」

妖精弓手用魂不守舍的陶醉語氣呢喃。

「雖然不知道是什麼時候的。這是只有下雨時會盛開的花的香味，那股香氣一直殘留到現在。」

雖然非常令人難以置信，那確實是花的香味。

——沙漠有花。

無法判斷是何時留下的，不過，女神官確實感受到了混雜在沙塵中的殘香。

「……好厲害。」

「對呀……真的……」

輕聲附和她的，應該是坐在駕駛座的女商人。

她凝視著淡紅色的世界，眨了好幾下眼，輕輕擦拭眼角。

染成美麗薔薇色的臉頰，滑落一束光。

不知為何，女神官看了十分高興。

§

「……咦，那是什麼？」

夜色漸深，黑影開始落在周圍時，女商人忽然開口。

中間世界沒有類似旅館的設施。必須考慮在外露宿。

就在這時，前方的暗處出現遮蔽道路的影子。

「哥布林嗎？」

哥布林殺手向駕駛座探出身子，立刻詢問。

顏色隨著距離接近而愈變愈深的輪廓，看起來並不像人群。

「我認為不是。」

女商人毫不介意身旁的鎧甲散發出的異味，搖頭回答，蜂蜜色的髮絲隨之晃動。

「不確定。因為我看不見。」

「我想也是。」

被人用一聲「喂」呼喚的妖精弓手，豎起長耳抱怨「『喂』是在叫誰啦」，代替哥布林殺手移動到駕駛座。

回到車內的他立刻動手檢查自己的裝備。

「會需要戰鬥嗎……」

女神官也效法他，俐落地整理行李及其他用品。

大概是考慮到了遇到緊急情況得跳下馬車的可能性，她的動作沒有一絲遲疑。

「天曉得，能確定的只有還沒人知道發生了啥事。」

礦人道士大口灌酒，舔掉沾到手指上的酒液，用一如往常的態度說道。

「不是怪物就是人。在這種地方，冒險者公會或識別牌什麼的都不管用囉。」

「哈哈哈，哎呀，然也。此處乃荒野的無法之地……」

連蜥蜴僧侶都泰然自若，女神官不禁皺眉。

與恐懼不同。應該也必非躊躇，大概是緊張。

──有股討厭的氣味。

她心想。若要打個比方，就像她踏上冒險之旅，站在洞窟前時的感覺。

後頸陣陣發麻的奇妙感覺。

「鎧甲。盾牌、長槍……吧。」妖精弓手凝視遠方，喃喃說道。「十個人。他們停下馬車了。」

「停下馬車？」

「對方用手勢叫我們停車。」

「……看來是盤查。」

女商人鬆了口氣。

這裡雖然沒有明確區分是哪個國家的領地，但雙方都有派出巡邏兵。

即使是異國之民，有士兵在總是比較能安心。

她馬上將手伸進衣服底下，在口袋裡摸索，拿出折好的羊皮紙。

就算沒有冒險者公會這個後盾，現在的她背後有國家當靠山。

國王寫給她的身分證明，當然也帶在身上。

只要拿出來給對方看，說自己是商人，其他人則是護衛……

「搞不好會索要我們的東西。希望金錢之類的就能解決。」

這點小事乃世間常理。

「我們先以最近的城市為目標。今晚到不了的話，就等明天再說。之後再開始調查——」

她從設置在駕駛座後方的小窗跟一行人對話，緩緩放慢馬車速度的瞬間——

「快跑！」

妖精弓手尖叫道。女商人錯愕地抬頭看著身旁的她。

「別管那麼多，快點！」

「咦，可是，不是要接受盤查——……？」

「別管。」車內傳出哥布林殺手銳利的聲音。「快！」

「好、好的！」

這次她沒有猶豫，策馬狂奔。

馬的嘶鳴接續在尖銳的鞭打聲後響起，馬蹄揚起一片沙塵，加快速度。

待在車內的女神官，差點因此摔在椅子上。

從窗戶看出去，看得出士兵們在大聲嚷嚷，接近馬車試圖阻止他們。

然而馬車的速度十分驚人，女神官完全聽不清他們在說什麼。

神祕的是，其他被迫停下的馬車裡的森人及圃人，也在對這邊大叫。

──奇、怪？

不對勁。女神官眨眨眼。對於拒絕接受盤查的疑惑，異樣感。不對，這是──

「是盜賊(Thief)嗎!?」

「多虧那些孩子叫我們快跑。」

妖精弓手把臉縮進車內，謹慎地拿起弓箭。

「怎麼辦？要動手嗎？」

「等追過來再說。」

好歹是整個團隊的頭目(Leader)，哥布林殺手答得飛快。

他很清楚，當下立即行動，比事後才想到好主意還要好上百倍。

「我們是來剿滅哥布林的，不是驅逐盜賊。」

「這樣呀。」

妖精弓手悠哉地回答，雙手卻迅速開始為赤柏松木大弓裝上弓弦。

以防萬一，對森人來說跟呼吸一樣自然。

女神官卻不同。她猶豫地握緊錫杖：

「不去救那些人嗎……？」

「哎，應該不至於喪命。」

但也難說就是了。礦人道士捻著鬍鬚，面色凝重地回應：

「他們特地花時間假扮成士兵劫盜，我想不會貿然行動。」

「若貧僧等人主動出擊，那幫傢伙難保不會以之為人質，抑或嫌他們礙事，直接滅口，反而更危險吶。」

「……是嗎？」

是這樣嗎？

到頭來，這也要看六面骰的臉色。

女神官腦中忽然浮現「常有的事」這句話。

真的是這樣嗎？這兩、三年來，她不斷質問自己，至今仍未得出答案。

若有那麼容易獲得解答，就不叫答案了——她是這麼聽說的。

「可是，這樣有個問題。」

在一陣靜默中透出焦慮的聲音，出自女商人口中。

她凝視黑暗的盡頭，手握韁繩，汗水滑落臉頰：

「馬從白天持續跑到現在，而且我聽說……沙漠晚上很冷。」

狀況嚴峻，時間急迫。會緊張也是理所當然。

周圍已是一片黑暗。若不盡快找個地方紮營，就算撐得過今晚，明天也會沒命。

不，在沙漠這個未知的環境下，連活不活得過今晚都是未知數……

「真是的，為什麼凡人會想住在這種地方？」

然而，妖精弓手悠閒的話語，總是能放鬆她的心情。

女神官跟著笑了。開玩笑很重要，這也是冒險的教條之一。

「是森人們的生活範圍過於狹隘了啦。」

「我們都處在宜居的自然之中好嗎。凡人把大自然改造得太過頭了。」

她嘴上這麼說，臉上的微笑看起來卻比待在街上時更加愉悅。

或許是因為樹木——植物的綠意雖然不多，這座沙漠也屬於森人喜歡的大自然吧。

然而，她的表情忽然蒙上一層陰霾，長耳晃動。

「怎麼了？長耳朵的。」

「安靜。」

她嚴肅地回答礦人道士，閉上眼睛豎耳傾聽，板起臉來：

「……要來了。從前面。」

「前面？」

不是追兵？一行人面面相覷。是其他部隊嗎？但中間隔了一段空檔。

哥布林殺手默默拿起武器，蜥蜴僧侶進入備戰狀態。

不久後，女神官也聽見了。

除了他們搭乘的馬車以外的東西，在大地上奔馳——

——騎兵？

不，這個聲音她之前也聽過。並非馬蹄聲。是狗的腳步聲。低吼聲。

騎在上面襲擊而來的生物，女神官只想得到一種。

「——哥布林！」

戰鬥的氣息越過沙漠的黑暗，緊逼而來。

§

「果然。」

「啊啊，討厭，就知道跟歐爾克博格一起冒險，絕對會遇到這種事！」

「本來就是剿滅哥布林的委託吧。」

「是沒錯啦！」

妖精弓手大聲抱怨，從窗戶探出上半身，射出箭矢。

絲毫不將黑暗視為阻礙的樹芽箭，發出宛如弦樂器的聲音消失在沙塵的另一側。

下一刻，馬車從拿著斷掉的繩子的小鬼騎手之間迅速衝過。

企圖用繩索絆倒馬匹的小伎倆，被上森人的弓術破解。

「GGOOOROGB!?」

「GORBG!?GOOROGB！」

當然，會因此放棄的話，哥布林就不叫哥布林了。

獵物比想像中更棘手，這個事實與單純的焦急和之後的報復相關聯。

發出醜陋怒罵聲的小鬼們，必然會立刻命令當成坐騎的惡魔犬掉頭追擊。

「……唔。」

駭人的咆哮，令女商人咬緊下脣。

拿著韁繩的手瑟瑟發抖，不只是因為緊張。

從車內無法窺見蒼白的臉頰，不過。

「換我來。」

哥布林殺手的話語簡潔有力。

他透過車內的小窗窺探駕駛座，強硬地說道，打開車門。

氣旋隨即灌進車內。風聲呼嘯，彷彿置身於暴風之中。

仍然挾帶著夕陽熱度的沙塵吹進來，女神官輕咳了幾聲。

「我——」女商人顫抖著的聲音，斷斷續續地傳來。「撐得住。」

然而，哥布林殺手以不容拒絕的語氣接著說道。

「不，緊急情況可能要叫妳用法術。」

冷淡、無機質，一如往常的低沉嗓音。

「而且，這次妳是委託人，我們是護衛。」

「啊……」

冒險者的聲音，與她過去在雪山聽過的並無二致。

「……知道了。」

她下定決心點頭，把轡繩掛在駕駛座，往旁邊讓開。

在行進中的馬車上抓住扶手，腳移向客車的升降臺。

在靜止狀態下，這個動作不費吹灰之力，就算馬車還在移動，也稱不上難。

然而，她並不是因為可能會摔進滾滾沙塵中，臉上才浮現恐懼與緊張。

「GGR！GOOOGB！」

「GORGB！GBBGOOB！」

「……嗚……」

小鬼的氣息近在咫尺。以惡魔犬的腳力，要與馬並駕齊驅似乎易如反掌。

哥布林們往馬車旁邊靠近，想將愚蠢的獵物拽下車。

好像感覺得到他們的呼吸——這單純只是幻覺。

風會將小鬼醜陋的吐息盡數吹散。

然而，女商人強烈覺得他們就在自己身後呼吸。

必須盡快行動。她的大腦明白，停在這邊很危險，理所當然。

身體卻不聽使喚，後頸發熱，隱隱作痛。

下意識繃緊身軀，此時一把短劍從她身旁射過。

「GOOROGB!?」

將手伸向女商人的小鬼騎著狗往後仰，彷彿被釘子釘住。

接著就這樣靜靜摔在沙漠上，揚起沙塵，消失在遙遠的後方。

女商人踩到升降臺上，杵在原地，哥布林殺手一把將她拉進車內。

「對、對不起……」

「無妨。」

他接住女商人進到車內、顫抖不已的身體後，輕輕將她託付給女神官。

「別擔心，還有我們在。」

女神官挺起平坦的胸膛。

「再一起加油吧！」

「……是。」

見女商人表情終於變得和緩一些，女神官在內心鬆了口氣。

她望向哥布林殺手，點頭，回應她的是上下晃動的鐵盔。

哥布林殺手抓住扶手，身體探出車外，轉頭望向妖精弓手：

「數量？」

「等一下，到上面才有辦法計算！」

「拜託了。」

妖精弓手宛如一隻松鼠，衝到車頂，消失不見。

哥布林殺手在黑暗中瞪著緊逼而來的哥布林，移動到駕駛座。

他身穿鎧甲，動作卻十分穩定，儘管無法跟妖精弓手相比，也稱得上俐落了。

他在駕駛座蹲低身子，迅速拿起韁繩，往馬身上一甩。

「GORGB！GRORGB！」

他無視小鬼們的吆喝聲，策馬衝向前方，沒有回頭，不停思考計策。

──後面還跟著一輛馬車，所以不能灑釘子或倒油。

再說，油潑在沙地上也不知道管不管用。他不太想試。

自己一個人忙不過來。既然如此，就去向其他人尋求幫助。最近人手多了不少。

「應該可以視為巢穴就在附近……你怎麼看？」

「貧僧不認為小鬼有這等氣概忍受沙漠的寒氣。」

蜥蜴僧侶用與現狀不符的平靜語氣回答。

四方世界之中，比他們蜥蜴人(Lizardman)更熟悉戰事的種族並不多。

「話雖如此，若要適度地驅散敵人，再予以追擊……對方稍微占有地利之便吶。」

「雖然想要情報，也不是只能從那些傢伙身上獲得。」

「何況，小鬼們口風不緊。輕易脫口的話語不足為道。」

「殺光吧。」

「按照往例。」

身經百戰的強者們冷靜地同意進行殺戮，方針就此決定。

既然如此，接下來要思考的就是如何制定作戰計畫——

「是說，那些傢伙有穿鎧甲耶！」

妖精弓手頭下腳上，從車頂探出頭，提供更詳細的情報。

「裝備很好……？」

女神官想起那可憎的食人鬼（Ogre）與小鬼聖騎士（Goblin Paladin）。

在他們成群結隊、互相合作的瞬間，就可以確定背後有更高階的存在……

「剩下十五隻左右。」

妖精弓手彷彿現在才想起爬上車頂的目的，大聲吶喊，又把頭縮回去。

「更正，十四！」

接著，遠方傳來哥布林的慘叫。不用說，當然是被箭射穿了。

「GGOGB！」

「GOORG！GOOROOGBBB！」

然而，哥布林們也不會因此默不作聲——不如說叫得很大聲。

起初在駕駛座的，是膽顫心驚的年輕女孩，射箭的則是森人丫頭。

怎麼可能讓她們逃掉。小鬼們腦中裝滿抓到人後要如何處置她們的妄想。

而那自我中心的想法，無論何時都是暴力的火種。

沒多久，遲來的響亮破空聲開始在周圍竄來竄去。

哥布林殺手抓住刺在鎧甲上的那玩意，是一支細箭。

又輕，又短，如同小孩的玩具——卻是能刺進肉中，挖出一個洞的武器。

「短弓嗎？」

小鬼的騎馬弓兵。他不屑地自言自語，折斷箭矢。有弩之類的兵器就麻煩了。

「後面的貨車交給妳。」

「是是，你真會使喚森人！」

哥布林殺手立刻拉住轠繩，放慢馬車的速度。

瞬間，妖精弓手完美配合他的時機，連腳步聲都沒發出，於月下舞動。

她往馬車車頂一蹬，輕輕躍過夜色，從空中觀察地面。左手拿著三支箭。

「GGOROGB!?」

「GOGB!?」

「GGORGB！？！？」

她同時將三支箭架在弦上，灑下箭雨，小鬼連著坐騎一同被釘在大地。

「還有十一隻……嘿咻！」

妖精弓手輕盈降落在貨車的貨物上，大氣都不喘一下。

貨車的駕駛座上，疑似馬夫的人正拚命低頭哀號。

就算山賊、盜賊不成問題，在沙漠被小鬼包圍，八成會感覺到生命危機。

「真不該因為報酬高就來這種地方……！」

「凡人也是形形色色呢。」

有在這種地方當盜賊的人、前來冒險的人，以及來剿滅小鬼的怪人。

傷腦筋，光從馬車與騎兵的追擊戰來看，確實是令人激動的冒險，然而……

「殺哥布林真的稱不上冒險……！」

上森人在滿天星斗下拉弓的模樣，美麗得如同描繪神話的畫作。

她射出的箭矢無情地奪走性命，又一隻小鬼落犬，化為沙漠的汙點消失。

剩下十隻。

「交給長耳丫頭一個人就行了吧？」

在開闊空間與森人的弓箭為敵，是多麼愚蠢啊。

沒有人比礦人更清楚，礦人道士卻語氣愉悅。

見他津津有味地大口喝酒的模樣，似乎打算旁觀到底，握在手中的投石索(sling)卻顛覆這個印象。

顯然是準備好一有突發狀況就立即應戰……

「……待在馬車裡，彈數會受到限制呢。」

同樣拿著投石索的女神官也慎重地點頭回應。

若是平常，這條投石索特別可靠，現在雖然也一樣，前提是要有石頭。

儘管袋子裡裝滿了圓石，數量終究有限。沙漠也不一定撿得到大小合適的石頭。

要說的話，妖精弓手的箭也一樣，補給有限。

「小鬼卻有補給線。因為我不認為他們是流浪部族（Tribe）。」

聽見哥布林殺手咬牙切齒地咕噥著，蜥蜴僧侶的長脖子垂直晃了下。

「若不斬草除根，在這殺掉多少隻都沒意義。」

「補給線一旦被切斷，再強大的豪傑都註定吃敗仗吶。」

「可是，現在有困難。」

況且，敵人恐怕會實施下一個計策。背後有統率者就更不用說了。

因此哥布林殺手之所以能注意到那東西，或許是多虧他沒有鬆懈、一直維持警戒的緣故。

然而他沒能立刻發現，想必是因為他是無法在黑夜中視物的凡人。

等他看見埋在沙地中的木塊——馬車的殘骸，反射性拉緊轡繩時，已經來不及了。

馬的四隻腳陷進沙地，發出尖銳的嘶鳴聲。

「敵人果然占了地利之便嗎……」

哥布林殺手用力咂舌。這段期間，馬依然在漸漸下沉，車身傾斜。

「是陷阱。他們故意把我們趕過來。」

「流沙嗎！」礦人道士大叫。「別慌，只要別掙扎得太厲害，就不會連頭都陷下去！」

「先別說我們了，馬快……！」

女商人語帶驚恐。事實上，馬匹正在為未知的狀況大聲鳴叫，不停甩頭。

牠像溺水似的擺動四隻腳，身體每晃動一次，就會在流沙中陷得更深。

「把繩子綁在後面，讓牠停下。」

哥布林殺手拉住韁繩，一面安撫馬匹，一面下達指示。

儘管不是最好的決策，把腦中想到的對策統統付諸實行再說。

「被一網打盡，未免太愚蠢了。」

「明白！」

最快做出反應的，是一直沒機會在戰場上大顯身手的蜥蜴僧侶。

他以凶猛野獸的動作俐落地跳下馬車，女神官叫住了他：

「請用鉤繩！」

出門別忘記帶。她用漂亮的姿勢扔出從冒險者套件裡取出的鉤繩。

蜥蜴僧侶尾巴上下擺動，於沙地上狂奔，沒有回答，在空中抓住那條鉤繩。繩子的另一側則由女神官、礦人道士、女商人三個人聯手綁在車上。

「欸，怎麼回事!?」

妖精弓手尖叫著抓住朝自己射來的箭，架在弦上射出。

彷彿要以牙還牙的箭矢命中原本的射手，直接將他擊落。九。

可是，這樣下去八成會被團團包圍，跟敵人的距離並沒有拉得多遠。

若要進入白刃戰，狀況又會不一樣了。妖精弓手用不符合森人形象的態度嘖了一聲。

「沒什麼，中了個小陷阱！」

蜥蜴僧侶趕過來，輕描淡寫地說明，將鉤子掛到貨車上。

那麼，接下來該叫馬夫把馬車停下——……

「所以我才不喜歡接這種類似冒險的送貨工作！沙漠是地獄的入口……！」

「地獄並不存在，無須擔憂。」

蜥蜴僧侶對驚恐不已的馬夫說話的語氣，彷彿在開導他。

「無論何人，死後終會被沙漠的地蟲吞入腹中，回歸天地循環。」

面對這可貴的教誨，馬夫從喉間擠出僵硬且不成聲的驚呼，代替回應。

蜥蜴僧侶哼了一聲。

「獵兵小姐，貧僧手裡握著轀繩，勞煩妳負責攻擊了！」

「真是，每次都這樣……！」

馬車一停，騎著惡魔犬的小鬼自四面八方湧現。

妖精弓手摸索著剩餘的箭矢計算數量，無畏地揚起嘴角：

「算了，陷阱就是要一腳踏進去，直接把它踩爛。我會想辦法處理！」

「哈哈哈，這話彷彿出自礦人女孩之口吶！」

蜥蜴僧侶大吼一聲，爬上駕駛座，導致馬車吱嘎作響。

妖精弓手則代替他跳下車，拿起弓保護他。

剩下九隻。黑暗深處搞不好還有援軍，惡魔犬撲過來就糟了，然而。

「先減少數量再說……！」

妖精弓手如字面上的意義，接連不斷地拉弓，迎擊哥布林。

而在這幅光景的背後，哥布林殺手則很快就放棄控制馬匹。

用繩子拉住的馬車發出吱嘎聲停了下來，被流沙困住的馬卻處於狂亂狀態。

「這樣下去會被逮到。」

自己是否也該下車迎擊？他拿起吊在駕駛座的四角提燈，掛在腰間。

像他這樣從不看輕小鬼的人本來就不多，但惡魔犬也不容小覷。

小鬼的坐騎有九隻，代表敵人的數量為十八。是我方的三倍。

——狀況依然不利。

哥布林殺手一邊思考計策，一邊準備前往後方迎戰，就在這時。

「那、那個……」

低著頭沉思的女神官，做好覺悟抬起臉。

礦人道士、女商人，以及哥布林殺手的視線，同時刺在她纖瘦的身軀上。

少女害羞地目光游移，卻沒有因此卻步，開口斷言：

「我說不定……有辦法。」

哥布林殺手的回答自不用說。

§

「GRROORGB！」

「GRG！GORGB！」

在小鬼們眼中，今晚肯定是可恨的一晚。

高高在上地對他們下達指示的傢伙要他們拉起的繩子，不知為何突然斷了。

歸根究柢，都是因為有那傢伙的保證，他們才會頂著睡意，一大早在這邊埋伏。

就是因為這樣，才不想聽那傢伙的話。

小鬼如此心想，卻沒有停止追擊，當然不是基於忠誠心。

坐在駕駛座上的，是怕得哭哭啼啼的小丫頭。

站在後面的馬車上朝他們射箭的，不是雌性森人嗎？

雖然有幾隻同胞蠢到被射死，自己可沒那麼笨。

瞧，在她得意忘形地射箭時，那些傢伙終於衝進了流沙中。

之後只要過去翻倒馬車，撬開馬車的門，給裡面的傢伙好看就行了。

現在他們停下來了，正是好機會。無須手下留情。

對方想殺掉自己，既然如此，被殺也沒什麼好抱怨——！

「『慈悲為懷的地母神呀，請以您的御手，潔淨我等的汙穢』……！」

因此，小鬼們自始至終都無法理解這個時候，莊嚴地響徹四方的話語有何意義。

清爽的聲音充滿大氣，如波紋般蕩漾開來，又逐漸消失，也不曉得他們有沒有聽見。

小鬼們察覺到的異狀，是坐騎的腳在下一刻「嘶」一聲沉入沙地。

「——!?」

「GOOROGB!?」

奇怪。怎麼可能。荒謬。他們腦中所想的大概是這些辭彙。

這裡應該還在流沙的範圍外，自己怎麼可能跟那些愚蠢的獵物一樣，不小心踏入？

然而再怎麼否定，現實都不會改變。惡魔犬的腳陷入沙中，慢慢被拖進去。

——慢慢被拖進去？

若有小鬼對此產生了那麼一絲疑惑，八成是因為看見了那個。

沙渦中心。落網的獵物所在的地方出現了——清澈的泉。

§

「淨化的神蹟嗎……！」

「是的。」

哥布林殺手厲聲吶喊，女神官簡短地點頭回應。

沙漠裡有人稱流沙——如名字所示，像一條會流動的沙河的區域。

出發時長槍手及魔女教導她的知識，如今在女神官的腦中盤旋。

聽說，流沙跟無底沼澤一樣。

地面非常柔軟，一踩到上頭就會讓人產生腳正在陷進去的錯覺。

打個比方，類似把水倒進裝滿沙子的木桶裡。

乍看之下裡頭裝滿了沙，手指插進去卻會深深陷入，拔不出來。

因為只是看起來像地面，底下大部分都跟水混在一起。

——沒錯，這是**摻雜沙粒的泉水**。

既然如此，沒有不能淨化(Purify)的道理。

慈悲為懷的地母神聽見了她的願望，女神官放下心來。

唯有會讓她遭到訓斥的祈禱，絕對不可以再做，她一直引以為誡。

不過，能夠淨化的當然只有一部分的沙子，周圍的沙因此一口氣湧入這座泉。

水與沙混合在一塊，轉眼就會化為流沙，將站在該處的人拖進其中吧。

能在沙漠中心窺見泉水的時間，想必只有短短幾秒。

不過，他跟同伴們，一定會善用這短暫的空檔！

「對付大海蛇(Sea Serpent)時用的那招！」

「來囉！」

實際上，哥布林殺手確實瞬間下達指示，礦人道士也迅速回應。

「『跳舞吧跳舞吧，水精(Nymph)和風精(Sylph)，小心別在陸與海的境界摔跤了』！」

他接著念出的咒文，對差點溺斃的馬而言儼然是救贖之手。

馬蹄踩住了水，身體上浮。精靈們抬起牠、鼓勵牠，推動牠在水面前進。

受到「水步」法術的幫助，馬匹不斷前進，礦人道士見狀吹了聲口哨。

「施法者果然很忙。嚙切丸，好歹記一下法術的名字如何？」

「情況緊急。」他在鐵盔底下說道。「幫後面的馬也放一下，讓牠橫渡過來。」

「行！」

女神官用眼角餘光瞥見礦人道士再度呼喚精靈的模樣，輕輕呼出一口氣。

——幸好一切順利。

「……好厲害。」

「沒這回事。」

女商人目瞪口呆地看著她，女神官搖頭說道。

僅僅是碰巧成功罷了。

「全是聽來的知識……不是我自己調查的。」

不該直接拿來用在戰場上。萬一失敗，不曉得會釀成什麼後果。

女神官試著想像，結果毫無頭緒，不禁覺得有些難為情。

這可不是能引以為傲，拿出來向人吹噓的心態……

「不，得救了。」

從鐵盔底下傳出的話語令她感到高興，是為什麼呢？

嗯。女神官簡短回答，低頭望向繫著馬車的繩子，以掩飾泛紅的臉頰。不愧是給冒險者用的，儘管繩子綳得老緊，加上另一輛馬車的重量也還撐得住。

「那個。」女商人忍不住開口。「我負責看著它。」

自己也想做些什麼，這份心意確實傳達了過來。

因為，女神官也是憑著這股意念堅持下去的。

「好的。」她點頭露出柔和的微笑。「麻煩妳了！」

「是！」

女商人用雀躍的語氣回應，使勁按住繩結。

女神官看了，輕輕坐回椅子上，不經意地與礦人道士四目相交。

發現礦人道士臉上帶著壞笑，女神官「唔」鼓起臉頰。

然而，那微不足道的抗議也會為他帶來愉悅吧。

見對方咯咯大笑，女神官覺得——該怎麼說呢。

「……我也不想呀。」

「有什麼關係？我是在誇妳像個能獨當一面的冒險者了。」

——是嗎？她完全沒有那種自信，拉出衣服底下的識別牌。

鋼鐵的重量似乎已經習慣了，不過，自己至今仍對此抱持異樣感也是事實。

「欸，剛才那個是誰做的!?」

過沒多久，妖精弓手像在空中飛翔似的跑回來，發出銀鈴般的嗓音。

她的箭筒空空如也，訴說著剩下的小鬼迎接的命運。

溺斃、困惑、失去行動能力，接連被射穿。肯定如此。

沙地上應該滿是小鬼與惡魔犬的屍首，女神官腦中浮現那個畫面。

她並未產生同情、悲傷之類的情緒。大概也沒有憐憫。

女神官只是在內心靜靜祈禱，希望他們的靈魂能正確地回歸天地。

「是這丫頭**幹的好事**。」

礦人道士兩眼發光，捻著鬍鬚，妖精弓手「咦咦！」發出近似哀號的咕噥聲。

「果然是受到那個怪人的不良影響……小心別惹神生氣喔？」

「咦，啊，不會。那個……沒問題的。那個，我現在都會注意。」

妖精弓手是真心為她擔憂，因此女神官困惑又害臊地向她說明。

「『現在』？」妖精弓手眉頭一皺，女神官面露苦笑。

「淨化（Purify）」的神蹟，用起來需要特別慎重。

——不過……夜晚的寒意竄進馬車內側，女神官身體瑟縮了一下。

他們剛才順利逃過一劫，然而，僅僅是這樣罷了。

沙漠很大——考慮到在前方等待一行人的未知，這點小事還只是開端。

而那個想法絕對沒錯。

隔天，她將再度親身體會到。

間章　『泥與星與囚人』

「我將希望託付給你們。」

少女在眾人的關愛下長大。

對世間的黑暗面一無所知，在籠中備受呵護的少女。

先不論是好是壞——凡人的壽命很短。

父母希望子女在安穩的環境中被棉花包圍，泡在溫水裡生活，又有什麼錯呢。

我的主人——她的父親，先王的一生也是如此。

讓世上的陰暗處暴露於陽光下會引發動亂，但如果只是要維持政府運作，並不足以構成阻礙。

倘若飢餓的人、疾病纏身的人、富有的人、光鮮亮麗的人盡皆如此，就不成問題了。

認為必須改變世界的人，往往傲慢又殘酷。

對改革者來說，停滯是禍害，安寧沒有任何價值，將其蹂躪不需任何猶豫。

因為自己的行動比任何事都還重要、正確——他們如此確信。

所以，少女的籠子被徹底摧毀時，我腦中浮現要帶她逃走的念頭。

我的朋友也一樣。我那小小的勇敢朋友，極為珍視公主。

那男人殘酷又殘虐，肯定會把公主也拿來當成自己的棋子，利用完就一把扔掉。

公主肯定無法承受吧……

然而，我錯了。

她直到最後都堅持留在城內，對我們投以筆直銳利的目光。

城裡已經沒有希望。如果真的有——也是在外頭。

聽說過去在宮廷任職的騎士，退休後獨自隱居了。

如今許多騎士選擇跟隨宰相，或者被宰相操控——他或許有辦法改變現狀。

我們從公主手中接過對於從未見過的外界抱持的希望，奔向外界。

和那些流浪者們(Roguelike)一起。

§

在我不想繼續計算有多少盜賊的時候，終於結束了。

不，正確地說是等我回過神時已經結束了——或許該這麼形容。

雖說帶有熱度，沙漠的風吹在裸露的肌膚上還是很冷，受到摧殘的關節傳來劇痛。

在澄澈夜空下閃耀的繁星看起來特別黃，星光刺進眼中。

這時，我總算意識到自己仰躺在地上，如同被小孩子玩膩，一把扔掉的娃娃。

黏在身體上的是汗水、唾液及眼淚，全是從我體內流出的吧。

不過，森人散發出的氣味是花香。瀰漫空氣的噁心臭味，是源自吃得杯盤狼藉的晚餐殘渣。

「唉……怎麼可以……這樣……對女生。」

我抱怨了一句，發現喉嚨黏黏的，令人作嘔的苦味混雜在鐵鏽味中。

儘管如此，我還是發出聲音，因為我得先自我激勵，以維繫尊嚴。

我將手撐在不能稱之為寢床的髒布上，如同一隻剛出生的小鹿向前爬。

——真的是，為什麼會變成這樣。

跟那些流浪者分別後，我和友人馬上開始為今後的方針起爭執。

尋找希望。在這片沙漠中。等同於從二十億根針裡面找出唯一的一根。

所以我才說最好早點找輛馬車，那個聽不懂人話的傢伙卻……

——說什麼這是極密任務所以該用走的，還選了不好走的路！

於是我們直接鬧翻，分道揚鑣，好不容易找到商隊，請他們載我一程……

——那輛馬車卻是人口販子的，沒想到連那傢伙都被抓住了。

何況之後我們還跟人口販子一起被盜賊襲擊……哎呀呀。

我拚命在慘死的人口販子的屍體，以及散落一地的餐具間爬行。

胸部及胯下被沙粒及小石子摩擦得非常痛，每次都會痛得我發出細微的呻吟聲。

為何眾神創造我們時，在身體上留下那麼多突起的部位！

然而，不曉得過了多久，我終於成功碰到目標物。

在裝著散亂的餐具與廚餘、類似垃圾桶的容器中，找到裡面應該還有東西的瓶子。

可是，想要拿起它時，手指與腰腿卻違背我這個主人的意思。

沒力氣抓住瓶子，也沒力氣站起來，瓶子往旁邊翻倒，裡面的液體直接灑在沙地上。

「啊、啊……討厭……！」

剛剛才罵過神明，馬上就遭天譴了。我板著臉將嘴巴湊向沙地上的水。

一面戒備周遭，一面吸吮髒水。

趴在地上舔水的模樣，狼狽得令我想哭，但我現在只想滋潤喉嚨。

「……嗯。」

漱完口，吐掉黏稠的唾液，又喝了一些水。雖然完全喝不出味道，我一點都不介意。

森人的人生很長。多少的失態，只要等個一眨眼的時間，記得的人就會消失。更何況，跟在那座城塞進行的駭人行為比起來，這點小事算什麼。

所以──沒錯，所以我才會那麼做。

試圖打劫人口販子的盜賊我也看不太順眼，便大叫著要從遠方而來的馬車快逃。

正確地說，是那個小不點警告他們的，我只是被迫奉陪。

那群盜賊當然氣到不行，把人口販子殺光後，說要把我的朋友關進牢籠……

「真是，為什麼我總是會忍不住救妳……」

不知何時來到我旁邊的小小友人聽見我的抱怨，聳肩表示「我哪知道」。

接著將金色護符扔到我面前的沙地。

看來她幫我拿回了被盜賊沒收的護符，不曉得是怎麼辦到的。

「……我不會感謝妳的。」

我如此回嘴，友人卻只是默默竊笑。真的很討厭。

我珍惜地撿起護符，慢慢掛回脖子上。

她似乎在我幫盜賊們磨槍、讓他們把麵包放進我的爐子加熱（註3）的期間去跟頭目交涉了。

明天或後天就會抵達城鎮，馬上就會在那邊把我們賣掉——盜賊頭目是這麼打算的，唉。

「反正那些人一定是想賤價賣了我們。真沒眼光。」

我碎碎念著，在友人旁邊抱住雙膝縮起身子。沙漠的夜晚對於獨自一人來說，太過寒冷了。

「要是我們被賣去礦山當奴隸汲水，一百年都出不來怎麼辦？」

面對我的疑問，友人搖頭表示不知道。啊啊，真的是……

希望究竟存在於何方？

註3　出自遊戲《上古卷軸》中充滿性暗示的書籍〈The Lusty Argonian Maid〉。

第3章 『「你」會怎麼做？』

Choose Your Own Adventure

「跳出鍋子，躍入火中……嗎？」

女神官沒有立即發現，這句自言自語是出自哥布林殺手口中。

他不可能察覺到她疑惑的視線，卻隔著駕駛座後面的窗戶接著呢喃：

「老師……師父說過的話。」

「哎，這裡倒真的是火中。」

妖精弓手無奈地聳肩，抬頭仰望窗外的藍天。

陽光毫不留情地灑下，連馬車裡都熱氣蒸騰。

再加上沙地的反射光，簡直跟悶在爐子裡沒什麼差別。

「到外面的話，耳朵會燒掉的。」

妖精弓手晃動長耳，彷彿在表示她心情不好。

昨晚，一行人終於停下馬車休息時，明明還會感覺到寒意。

溫差劇烈到若非森人，可能會搞壞身體，實在不是命定者可以住的地方。

Goblin Slayer

He does not let anyone roll the dice.

「因為纏頭布遮不住耳朵嘛。」

礦人道士則若無其事，或許該歸功於礦人不愧是與火為伍的種族。

雖然未到一滴汗都不流的地步，看起來跟平常並無二致。

不過，那也是因為他們倆並非凡人吧。

「……對不起。都是因為昨晚我硬是趕路……」

女商人縮在座椅的角落，用微弱的聲音道歉。

她白皙如雪的肌膚熱得發紅，汗流不止，呼吸急促。

女神官見她難受得不停喘氣，上前幫她鬆開衣服，女商人的呼吸才終於平穩一些。

「是中暑……嗎？」

這也不能怪她。連習慣在野外活動的女神官，都覺得頭暈目眩。

就算曾經當過冒險者，對於身為貴族，現在則是商人的她來說，想必很難熬。

女神官遞出水袋，女商人用十分乾燥的聲音道歉。

她將嘴唇抵在袋口，大口喝水，女神官在一旁協助。

輕輕用手帕幫她擦掉滴下來的水，女商人又道歉了一次。

「補充水分，吃點肉乾。被日出之神纏上的話，這麼做就不會送命。」

「其實……如果能去更涼爽一點的地方就好了。」

女神官對礦人道士點頭，從行囊裡拿出肉乾，含入口中咀嚼。

然後吐在手心，用手指拿起來送到女商人嘴邊，她輕輕咬住變軟的肉乾。

剛才有先喝了水弄溼口中，應該可以順利吞下去。

沒錯。幸好他們還有一些物資，現狀不足以致命。

後面的馬車載著大量摻水的葡萄酒和糧食。

不過由於烈日當空，再加上頻繁休息、餵食飼料的緣故，馬的腳程慢了許多。

「嚙切丸也要適度休息啊。畢竟你戴著鐵盔，小心腦袋被烤熟。」

「好。」

哥布林殺手點頭。

狀況不足以致命，但絕對不容樂觀。

——有流沙，代表偏離幹道了。

做為道祖神的交易神石像也消失不見，該走的路線已被沙塵掩埋。

即使能靠夜晚的繁星與雙月、白天的太陽判斷方向，也無法掌握自己的位置。

他隔著鐵盔觀察景色。

看不見灼燒大地的太陽，也沒有能當成路標的山峰，放眼望去全是綿延至地平線的沙子。

被晒熱的地面冒出蒸氣，化為陽炎在前方舞動。

「……聽說有種叫海市蜃樓的現象。」

他想起自己在出發前埋頭看完、記錄沙漠情報的書上，有這麼一段記述。

沙漠有時會出現幻影，蠱惑旅人……

「那種東西只要仔細看仔細聽，就不會被騙啦。」

妖精弓手從窗戶探出頭，回應哥布林殺手的喃喃自語。

熱風與沙塵吹得她忍不住像貓似的瞇起眼睛，甩甩頭，轉頭望向後方：

「欸，你沒事嗎——？」

「哈哈哈，對貧僧而言，缺乏水氣暫且不提，這天氣倒是熱得心曠神怡。」

他的語氣依然悠哉。

蜥蜴僧侶於後方的馬車舒服地晒著太陽，坐在駕駛座手握韁繩。

本來該負責駕駛的馬夫則縮在旁邊嘀咕個不停。

「沙漠是地獄。在這邊死掉的話，靈魂會被吃掉……」

「夜晚倒是凍得發寒，實在可惜。」

蜥蜴僧侶輕拍他的背，看起來毫不關心馬夫。

或許是判斷故意不跟他搭話，反而能讓他冷靜下來……

「不過不知該行往何處，令貧僧有那麼點缺乏幹勁吶。」

「希望能回到街道上。」

妖精弓手無聊地撐著頰，任風吹打在耳朵及臉頰上。

狀況不足以致命，但絕對稱不上好。

——就算只有自己是這樣，也無法否認這個事實。

在這種狀況下還能往樂觀的方向想，自己肯定辦不到。

因此哥布林殺手決定刻意陪她閒聊。

「沒能回收小鬼們的裝備也很可惜。」

「對呀——這一帶看起來就沒辦法補充箭。」

妖精弓手不曉得懂不懂他的心情，發出銀鈴般的輕笑聲。

這時，她忽然瞇起眼睛，把手放在額頭前面凝視遠方。

「怎麼了？」

「對面。是房子……嗎？有東西。」

「唔。」他低聲沉吟。有時間猶豫，不過，沒有其他足以讓他猶豫的選項。「決定了。」

哥布林殺手韁繩一甩，疲憊的馬兒便乖乖聽話，改變方向。

車內一陣晃動，感覺得到馬車轉向了。

「這個鐵砧是不是又把陽炎還啥玩意誤認成房子啦？」

「沒禮貌！」聽見礦人道士的調侃，妖精弓手把頭縮回來，大聲反駁。

女神官微笑著看兩人跟平常一樣開始鬥嘴，吐出一口氣。

講了那麼多，她也一樣受不了這股熱氣。

為了省水，她在手帕上滴了一些水，用沾溼的手帕擦拭臉頰。

接著幫頭髮被汗水黏在額頭上的女商人擦臉。

「……果然該多鍛鍊一下。」

她嘆了口氣，女神官苦笑著搖頭。

「希望等等有機會休息……」

沒多久，馬車果然抵達了村落——那裡異常安靜。

§

喀吵。踏出去的腳踢散堆成小山的沙子，是正常的嗎？

哥布林殺手放下橫桿，卡住車輪，從駕駛座跳下來，思考著。

這個沙子蓋到腳踝的狀況，在沙漠大概是家常便飯。

被晒熱的腦袋，思考變得太過遲緩。他嘖了一聲，拿起水袋灌了一、兩口。

從鐵盔縫隙間塞進去的袋口，流出溫熱的水。

「總之得先調查看看，如何。」

「……是啊。不掌握這個地方的狀況，什麼事都不能做。」

他詢問女商人，女商人修長的雙腿正好踏出馬車。

長靴陷進沙地，她將外套蓋在頭上阻擋陽光，困惑地點頭。

「為什麼要問我？」

「因為妳是這次的委託人。」

哥布林殺手如此回答，她眨眨眼睛，揚起嘴角。

表情看起來少了點緊張感，彷彿放下心來了。

「那就麻煩各位了。」

「好。」

他點頭，用手勢叫夥伴們前往村落。

哥布林殺手走向前方，身後傳來踢散沙子的聲音。大概是其他人下馬車了。

雙腿向前邁步。白色沙塵於空中飄散，化為煙隨風而逝。

他檢查腰間的劍，維持隨時都能拔劍的狀態，慎重前進。

村裡有好幾棟建築物，似乎都是由純白黏土或磚坯蓋成的。

遠看無法分辨這裡的村民以什麼維生，不曉得有沒有飼養長瘤的驢馬。

或者也可能是驛站。無論如何，希望可以補充水分和收集情報……

「哇，地面好燙……」

妖精弓手慌張地在沙地上奔跑，不留下任何足跡乃森人的特權。地面的反射光灼燒著一行人，女神官被陽光刺得瞇起眼睛。

「……感覺眼睛要燒起來了。」

「最好不要往上面和下面看……是說，長耳丫頭打扮成這樣是對的。」

礦人道士咕噥道，走在前面的她似乎聽得一清二楚。

妖精弓手轉過身，一臉滿足地挺起那平坦的胸膛。

「這叫森人的智慧啦，智慧。要配合每塊土地的自然環境。」

「這可不是命令精靈，使喚大自然的人該說的話。」

「比起在地面挖洞，砍伐森林的礦人好多了。」

兩人的鬥嘴聲混入呼嘯的風聲，傳入耳中。

剩下只聽得見踢散沙子的腳步聲。真的只有這點聲音。

——哥布林嗎？

不，如果哥布林襲擊過這裡，未免**太乾淨了**。

他踏進給人一種空蕩蕩的印象——宛如廢墟的部落，回過頭。

該思考的事有很多。

「馬夫呢。」

「留在原處。感覺跟不上貧僧等人，現在也沒那個心力帶著他。」

蜥蜴僧侶眼珠子轉了圈，悠閒地走在路上。

他緩緩轉動長脖子，視線前方是縮在貨車車棚下的男子。

男子裹著外套，咬住手指兩眼無神，不停自言自語，從昨晚開始就一直是這個狀態。

沙漠的環境、突如其來的敵襲與逃難行，以及在沙漠中漫無目的地徘徊。

未必所有人都撐得下去吧。

「有危險性嗎？」

「這個嘛……不好說。在沙漠被奪去魂魄之人的行動無法預測。」

蜥蜴僧侶的瞬膜動了動，彷彿在觀察什麼，吐出舌頭。

「不過商人小姐雖然身子纖弱，倒有幾分膽量。不至於連聲音都發不出來。」

「多注意一下。」

「明白，明白。」

哥布林殺手將帶頭的位置讓給緩步前行的蜥蜴僧侶，稍事休息。

戒備周圍。掌握全員的狀態。身為團隊的頭目(Leader)該思考的事。該做的事。

「……身體狀況如何。」

「是。」女神官喘著氣，汗涔涔的臉頰浮現笑容。「沒問題。」

「那就好。」哥布林殺手點頭。「記得喝水。」

「你在……擔心呢。」

嗯。哥布林殺手不著痕跡地放慢步調配合她，女神官小步走到他身旁，說了奇怪的話。

他無法理解，歪過頭，她輕輕微笑：

「我在說她。」

「啊啊……」

哥布林殺手視線在鐵盔下移動，瞥了馬車一眼。

女商人拿外套遮陽，爬上駕駛座，眼觀四方，像在警戒的樣子。

看不見她的表情，說不定她的身心都在硬撐。

然而，女商人發現他在看她後，舉起手用力左右揮動。

彷彿在表示她沒問題。

「因為……」他在空中尋找話語，喃喃說道。「……她是委託人。」

「是呀。」

女神官一副「我明白」的態度，咯咯笑著，加快速度。

他放慢速度，她加快腳步跟上，兩人終於並肩而行。

在令人頭暈的暑氣中，兩人在村落的街道──疑似街道的沙河上行走。

水桶、農具，屋外的東西大多倒在地上、被沙埋住，抑或兩者皆是。

包含髒亂的街道在內，實在不像有人居住的地方……

「可是以這個情況來說……感覺也沒有荒廢呢。」

女神官提心吊膽地環視周遭，輕聲說道，哥布林殺手默默點頭。

他深有同感。和哥布林的巢穴不同，有股來歷不明的氣息。

不過，他固然重視自己的直覺，卻不是會因此猶豫的個性。

「怎麼樣，有人嗎？」

「有。」被問到的妖精弓手，站在建築物門口晃動耳朵。「好像在睡覺。」

「……什麼？」

哥布林殺手穿過打開的大門，跨越積在門口的沙堆走進去。

踏進屋內一步，溫度反而稱得上涼爽，或許是因為陽光被遮住，或是建材所致。

涼爽的空氣令他感到些微寒意，往更裡面走去，那裡似乎是食堂。

毛毯從被踩亂的沙子的縫隙間露出，中央有個代替圓桌的長櫃。

一名壯年男子趴在其上沉睡，蜥蜴僧侶及礦人道士圍在兩側。

「其他房間也看過咧，統統沒有反應。連嬰兒都叫也不叫一聲。」

「那麼……若其他民宅亦然——不，即便只有此處，這可真是詭異的狀況吶。」

這兩人似乎也都感覺到了異樣的氣息。

趴在櫃子上的男人穿著和妖精弓手類似、配合沙漠氣候的衣服。

如此之外沒有任何異狀，那人卻垂著頭，一動也不動。

「那個，請問……？」

女神官戰戰兢兢地跟對方搭話，哥布林殺手伸手制止她。

他代替她上前，從劍鞘抽出短劍，一步步接近男人。

然後伸出綁著圓盾的左手，抓住男人的肩膀……

「──嗚!?」

女神官尖叫的同時，男人的身體無聲倒下。

接著轉眼碎成粉末，如同石像在風雨摧殘下腐朽的模樣。

身體化為疑似血肉顏色的紅黑色粉塵後，只剩下哥布林殺手手中的部分。

然而，他輕輕一握，就連剩餘的部分都自然崩落。

「這、這到底是……？」

不能怪女神官忍不住向後退去。

因為連礦人道士和蜥蜴僧侶──雖然他臉上布滿鱗片──都臉色大變。

「喂喂喂，意思是這座村子的人，都是這副模樣嗎……!?」

「趁夜晚無人察覺之際，將村民盡數……的樣子。」

「難怪這麼安靜。」

哥布林殺手簡短呢喃，蜥蜴僧侶的長脖子上下擺動：

「是否該視為遭到怪物襲擊？」

「這樣的話……或許是有色之死（Graograman）。」

從鐵盔縫隙間傳出的咕噥聲，令所有人忍不住面面相覷。

「聽說沙漠裡有恐怖的東西。雖然我不清楚是什麼。」

好像是童話故事中的怪物——哥布林殺手說完，輕輕搖頭。

「不重要，忘了吧。只是剛好想到罷了。」

哥布林殺手鮮少提及小鬼以外的怪物。

要不是因為妖精弓手正在戒備屋外，她八成會驚訝得大聲嚷嚷……

「喂，大家！糟糕了！」

就在這時，當事人嘹亮的聲音傳來。

§

「哇、哇啊啊啊！我受夠了！這片沙漠被詛咒了……！」

「喂，等等！你要去哪裡……！」

馬夫甩掉女商人抓住他的纖細手臂，搶走馬車的韁繩。

「啊！」

女商人一屁股跌坐在沙地上，尖叫出聲。

馬夫卻看都不看她一眼，策馬前進。

若非女商人及時滾向旁邊，想必再也無法看到她纖細美麗的身軀。

「回去！我要回去，這種地方我一秒鐘都待不下去……！我不想死……！」

馬夫瞪大乾燥充血的雙眼，口沫橫飛，拚命鞭打馬匹。

女商人趴在地上，看著馬車瞬間消失在沙塵的另一側，咬緊牙關。

早知道就不要猶豫，真該拔出腰間的細劍……！

「對不起，我阻止不了他……！」

「沒關係！」

最先回答她的，是立刻衝過來的妖精弓手。

森人在沙地上一蹬，一溜煙趕到她身邊，迅速扶起女商人。

「還好嗎？有沒有受傷!?」

「啊，沒有。」女商人邊咳嗽邊回答。「只是沙子跑進嘴巴。」

「是嗎，那就好。」

妖精弓手發自內心鬆了口氣，輕輕為心愛的友人擦拭頭髮及臉頰。

接著態度瞬間一變，不顧形象地咂舌，緊張地大喊：

「喂，大家！糟糕了！」

夥伴們馬上從房子裡衝出來。

蜥蜴僧侶甩著長尾打頭陣，接著是身穿鎧甲，動作卻異常靈敏的哥布林殺手。

後面是小跑步趕上的女神官，以及大步跟在最後的礦人道士。

「失策！」第一個大喊的也是蜥蜴僧侶。

「沒想到那廝的靈魂，竟被沙漠摧殘到了如此地步……！」

蜥蜴僧侶大概是覺得他只是暫時失去理智，抑或情緒不穩。

情緒低落的人反而會沒有力氣做任何事，因此最好放著不管，想不到適得其反。

「怎麼了，為何不射箭。」

哥布林殺手不悅地將喀啦喀啦的擲骰聲趕出腦海，咕噥道。

妖精弓手卻沒有回答，凝視沙塵的盡頭，冷靜提問：

「你們那邊呢？」

「沒救。」他搖頭。「無人生還。」

「可以的話……我想祭拜他們……」

女神官怯生生地說，但她也明白久留會有危險。

畢竟真相不明的死亡正盤踞於此地，或許選擇逃跑的馬夫才是聰明的。

「總之，最好快點追上去……！」

「拖著馬車嗎？我看有困難……」礦人道士皺眉沉吟。

「用上『順風（Tailwind）』的法術倒是可行——……」

「勸你最好不要，礦人。」

妖精弓手毫不掩飾凝重的表情。

她優雅地豎起食指，指向沙塵的另一側：

「看那邊。」

她沒有射箭，也沒有追上去的理由存在於該處。

沙塵的另一側。確實沒錯，塵土正在那裡飛揚。

被風捲起的沙子於地平線上形成漩渦，乘著狂風轉動。

像隻蜷起身子的大蛇——女神官茫然地小聲說道。

那東西正在逼近。

彷彿紅黑色群山正在直線朝他們衝過來。

「那……」

女商人愣在原地，驚呼道。

「……那……是什麼……!?」

「嘖，原來如此！『有色之死』這名字取得可真好！」

回答她的是幾乎可以稱之為怒罵的礦人道士的吶喊。

「鮮紅死亡之風！這座村子的人八成就是死在它手下！」

「那是什麼，怪物嗎!?」

妖精弓手反射性望向矮小的夥伴。礦人道士怒吼道：

「是**沙塵暴**！」

西蒙風，意即有毒之風。

帶著駭人熱度的沙塵暴。高溫的沙礫平等地襲向萬物，毫不留情。

等待運氣不佳、來不及逃跑之人的，是無法想像的熱風。

被覆蓋天空的沙子關進黑暗，瞬間乾枯，迎接死亡。

當然，不是每個冒險者都知道詳情。

然而正因為是冒險者，他們對死亡的氣息相當敏銳。

與在一無所知的情況下被沙塵暴吞沒的馬夫，有著決定性的不同。

「快跑！」

這聲吶喊大概是出自哥布林殺手口中。所有人都朝建築物飛奔而出。

「哈哈哈哈哈，哎呀，這下有趣了！」

「長鱗片的，都這個時候了你還有心情笑！」

蜥蜴僧侶以腳爪蹬地，迅速用他的長尾將礦人道士拎到背上。

以礦人矮小的身軀，無疑會被沙塵暴追上。情況刻不容緩。

「可是建築物裡的人不也死了嗎⁉」

妖精弓手颯爽地從旁衝過，瞄了背後一眼。

「欸，那個可以在水裡呼吸的戒指呢⁉」

「有帶，但我不打算賭命嘗試在沙塵暴中管不管用。」

哥布林殺手呼吸沒有絲毫紊亂，邊跑邊整理思緒，說出以現狀來說最好的解決方式。

「居民是因為沒發現才喪命。把門窗關上，躲在裡頭。」

既然團隊頭目決定了方針，他們該做的就是全力付諸實行。

蜥蜴僧侶、礦人道士、妖精弓手衝向前，女神官扶著女商人。

遭遇日出之神的她氣喘吁吁，十分可憐，令人擔憂。

「我扶著妳，加油……！」

「馬、馬……要、怎麼辦……⁉不能，放著不管——」

「放棄吧。」

「哇⁉」

「啊……⁉」

哥布林殺手一口打斷兩人交談，介入其中。

摟住兩位少女纖細的腰肢，像在搬木柴似的將她們攔腰抱起。

接著無視她們立刻發出的尖叫聲及些微的抵抗，加快腳步。

然而，黑暗比他更加迅速。

彷彿要將他們覆蓋住的暗影緊逼而來，女商人忍不住懇求：

「我、我沒問題的。我——……可以自己走……！」

「要是摔倒沒人幫得了妳。」

聽見這段對話，女神官毫不猶豫地說：

「……拜託了！」

她應該是判斷，這麼做生存的可能性會稍微提高一些吧。

女神官任由哥布林殺手抱著自己，為了多少幫上一些忙而絞盡腦汁，望向身後。

升起的飛沙以與沙塵暴這個名字極為相符的猛烈之勢，遮住在空中閃耀的太陽。

沉重的黑影落在一行人頭上，讓人覺得用不著多久，肯定會被如同夜晚的黑暗困住。

該用「聖光（Holy Light）」嗎？不，還沒暗到那個地步。「小癒（Heal）」、「淨化（Purify）」也不對。

「……情況緊急的話，我會用『聖壁（Protecion）』！」

「交給妳了。」

既然如此，她該做的就是集中精神，準備向天上的眾神朗誦禱告詞。

女神官閉目呢喃祈禱的話語，女商人緊咬下唇。

哥布林殺手想了一下該對她說些什麼，最後判斷動腳比較重要。

「歐爾克博格，快點！」

鐵盔的狹窄視野前方，先站到門口的妖精弓手揮著手大聲呼喚他。

看到蜥蜴僧侶及礦人道士從旁衝進屋內，他點頭。

面對從身後湧上的鮮紅死亡之風，他所能下的最後一步棋（Turn）。

「要扔出去了。」

「咦？」

「哇……!?」

沒等兩人回應，哥布林殺手就按照宣言採取行動。

他先將女商人扔向門口，接著換女神官，再一口氣縮短最後那段距離。

兩人摔在被沙塵弄髒的毛毯上，礦人道士與蜥蜴僧侶接住她們。

哥布林殺手滑進屋內，在他身後的妖精弓手用力關上門。

下一刻，房子伴隨巨響劇烈搖晃。

無疑是千鈞一髮。

§

「把門關好。構築防線！」

「交給我吧……！」

哥布林殺手衝進來的瞬間，水滴在高溫鐵鍋上的聲音響徹室內。

不知情的人，根本不可能想得到那是沙礫砸在整棟房子上的聲音。

蜥蜴僧侶扛起積滿灰塵的長櫃壓住門，哥布林殺手則抽出毛毯。

摔在其上的兩位少女急忙跳開，他攤開毛毯擋住窗戶，用釘子固定。

砰一聲關上的門窗縫隙間流出沙子，不過不足以致命。

唯有震耳欲聾的巨響無法遮蔽，但應該不至於不能對話。

哥布林殺手隔著鐵盔的面罩注視吱嘎作響的天花板，然後搖頭。

「其他房間如何？」

「都看過一遍，固定住了。」

妖精弓手搔著頭髮回答。大概是趁剛才那段時間巡過屋內了。

這個動作有如貓在理毛，大刺刺的，由森人做起來卻相當適合。

「啊啊，討厭……頭髮都是沙子……！」

每當她用手梳理頭髮，沙塵都會隨之飛揚，如白煙般升向上空。

女神官和女商人看了，也急忙整理起自己的頭髮跟衣服。

從哪個角度看，都沒有任何一處沒沾到沙子。

哥布林殺手也感覺到沙子跑進了衣服的縫隙間，她們就更不用說了。

「……休息一下吧。」

「是啊……」女商人露出疲憊的笑容。「幸好這個家的主人似乎也不在了。」

仔細一想，穿越國境後，他們就一直處於緊繃狀態。

精神的緊張及肉體的緊張，自然會導致疲勞。哥布林殺手點頭贊成。

「弔祭完死者就休息。施法者太累不會有好事。」

是在顧慮她的心情嗎？——不，不是。是因為那些屍體萬一成了不死者，會很麻煩。

他環視周遭，尋找椅子，發現沒有椅子後，一屁股坐在門口旁邊。

接著卸下腰間的劍，將它抱在身前，伸長一隻腿靠著門。

「就算有哥布林，在這場沙塵暴中也進不來。」

既然如此，就該由不是施法者的前鋒負責看守。

跟平常露宿野外時的安排一樣，由他跟妖精弓手戒備，讓三位施法者——現在則是四位——休息。

礦人道士聽了，捻著鬍鬚點頭表示明白。

「那我最後再做點事吧……」

反正隔天法術的使用次數也會恢復，現在肯定就是使用時機。

礦人道士在裝滿觸媒的袋子裡搜來搜去，抓出一卷羊皮紙。

「『無盡之物，死亡之弟沙男(Sandman)啊。以一首戲曲為交換，用沙子守護夢與我等』。」

羊皮紙輕輕飄到空中，捲起沙塵的漩渦，忽然憑空消失。

緊接著，沙塵暴的聲音變小了一些，讓人覺得屋內充滿溫暖。

或許是因為這樣，女神官一副想睡的樣子眨眨眼，女商人則優雅地遮著嘴巴打哈欠。

「『惰眠(Sleep)』嗎？」哥布林殺手問道，礦人道士哼了一聲。

「哎……以我的能力，只能做到這樣囉。」

在這場沙塵暴的正中央，恐怕無法呼喚精靈。

哼笑後，礦人道士拿起掛在腰間的酒大口灌下，擦去沾到鬍子上的酒。

「雖然八成會沾滿沙子，我去找找有沒有食物。」

「那麼，貧僧也奉陪吧。因為熱量不足吶，熱量。」

你到底在說啥啊。礦人道士無奈地回應蜥蜴僧侶，兩人前往屋內的廚房。

「那，我……們就……休息了。」

「不好意思……麻煩各位了。」

女神官及女商人一面打盹，一面慢慢從地上站起。

「來。」女神官伸出手，女商人握住她的手，踏著不穩的步伐走向寢室。

哥布林殺手見她快要跌倒，立刻準備起身，不過看來只是杞人憂天。

她們牽著手進入寢室，女神官在那裡搖響錫杖，獻上禱告詞。

「慈悲為懷的地母神啊，請以您的御手，引導離開大地之人的靈魂……」

她用比平常更加結巴的語氣向地母神祈禱。

終於撐不下去的兩人倒在床上，很快就墜入夢鄉。

曾經是人類的灰燼揚起，兩人在其中牽著手沉睡的模樣，儼然是對姊妹。

「……」

哥布林殺手默默從雜物袋中拉出水袋。

裡面的水少了許多，顯然得省著點喝。

儘管如此，他還是判斷必須攝取水分，用珍貴的一口水滋潤喉嚨與舌頭，吐氣。

其實他還想擦臉。有種沙塵害眼睛睜不開的感覺。

「水呢。」

「井大概被這些沙埋住了。」

妖精弓手晃動長耳，聳聳肩膀，往關起來的窗戶外面看了一眼。

以她的視力，是否能看見凡人看不見的東西？

「廚房有水瓶，不過跑了一堆沙子進去。應該能喝啦。」

「是嗎。」

「你在顧慮我呀？」

妖精弓手踢散沙子，坐到沒有髒汙的空間，直截了當地說。

「……嗯。」哥布林殺手低聲沉吟。「……不知道。」

「這是害羞？」

「不。」

哥布林殺手搖頭。

「真的，不太清楚，頭目要怎麼當。」

說完這句話，他就陷入沉默。

儘管不清楚，他明白自己好歹是頭目，不該有不必要的抱怨。

那位重戰士絕對不會表現出沒自信的樣子。

妖精弓手只應了聲「是嗎」，他覺得很感激。

她用不顧形象的動作脫掉鞋子，倒出裡面的沙。

走路不會留下足跡的上森人，也無法避免沙子跑進去嗎。

哥布林殺手心不在焉地想著這種事，為疲勞感心生不悅，皺起眉頭。

想著無意義的事情，不正是精疲力竭的證據？

「哎，無所謂啦。你打算什麼時候去睡？」

「……唔。」

「我想好好睡一覺。」

他沒能立刻理解她的意思，妖精弓手接著輕描淡寫地說。

大概是在表示按照慣例，要先由她負責看守。

同時也是在催他快點去休息。

哥布林殺手想起非常懷念的人的語氣，嘴脣扭曲。

幸好戴著鐵盔——他心想。那個人的聲音，他已經記不清了。

「好。那，我去睡了。」

「快去。」

妖精弓手擺擺手，哥布林殺手不客氣地開始鬆開防具。

然後用力靠到牆上，做了個深呼吸，閉上一隻眼讓大腦放空。

水、糧食、旅程，以及小鬼。休息，醒來後從廚房拿糧食。還有地圖。然後是小鬼。

那些傢伙怎麼在如此嚴峻的環境下生存的。光靠成群結黨有困難吧。附近還有山賊。

棲息地帶重疊了。為何雙方沒有產生衝突。巢穴在何處。

他們如何得到糧食。娛樂不足。那些傢伙的欲望深不見底，字典裡沒有忍耐二字。

在沙漠中不可能生存得下去。而他們也一樣。

無法帶領團隊活著回去——實在沒資格自稱冒險者。

老師看到自己這副德行，不曉得會多失望。他會嘲笑自己嗎。

他潛入不停打轉的思緒中，又吐出一口氣。

沙塵暴是在何時停歇的，他完全沒印象。

§

想出到屋外，得費上一番工夫。

因為大門往內側凹陷，沙子從窗戶的縫隙間灑落。

「我看整個被埋住囉。」

礦人道士皺眉搖頭，團隊中也沒人有歧見。

畢竟講到土壤，沒人的知識及經驗比得過礦人。

既然如此，該如何是好？哥布林殺手著手確認手牌。

「挖出一條路……好像有困難。」

女神官不經意地從窗戶及門縫間望出去，困擾地說。

雖說她並不精通土木工程，這看起來實在不像是用雙手就能解決的問題。

要是沙子一口氣灌進來就慘了，因為這樣會不知道要如何挖、又該挖到何處。

哥布林殺手低聲沉吟。

「能否用法術做出道路？」

「『隧道（Tunnel）』嗎？」

然而——礦人道士面露難色，不是因為他才剛睡醒沒多久。

「也不是不行，但萬一法術在途中解開，我們全會被埋在土裡，一命嗚呼。」

妖精弓手「唔呃……」板起臉來，因此不予採用。

雖然可以試著賭一把，但那僅限於沒有其他選項的情況。

「旁邊不行就往上。棲息地與進步的道路就該如此吧。」

蜥蜴僧侶捲起尾巴，彷彿在教導信徒般開口說道。

原來如此。這棟房子的建材是磚坯，用不著木工工具即可輕易破壞。

只要不待在洞穴正下方，也不會被掉下來的沙子活埋。

問題是。妖精弓手提心吊膽地看著天花板，喃喃說道：

「萬一屋頂整個塌下來怎麼辦？」

「到時用『聖壁（Protecion）』擋住不就得了？」

再順勢讓它們往旁邊流過去——礦人道士說得輕鬆，女神官不禁苦笑。

「雖然神蹟不是那樣用的……我會努力。」

妖精弓手露出錯愕的表情仰天長嘆，重重地搖頭。

呃，神蹟確實不是用來做這種事的，不過——

「……真的被茶毒了。」

「……？什麼意思？」

女神官一頭霧水，妖精弓手像在對待妹妹似的，撫摸她的頭。

沙子隨著她的動作落下，兩位女孩卻笑得樂不可支。

「那就從上面吧。」

哥布林殺手站起來，仰望天花板，伸手碰觸。

他試著用手指去推，傳來穩固的觸感，沒有凹陷。

「得慎重行事。」

「就我之前從外面看到的情況，屋頂是平的。」

礦人道士捻著鬍鬚，雙臂環胸陷入沉思。

「雖說上頭堆著沙，不過應該不至於出不去。」

「……要不要先吃點東西再說？」

提議的人是女商人。

對於看起來緊張又疲憊的她而言，那只不過是忽然想到，隨口建議的小事。

然而——臉很乾。口渴了。肚子餓了。

「是啊。」哥布林殺手在鐵盔底下吐氣。「就這麼辦。」

一行人(Party)早就決定拿房子裡的物資來用。

再說，從遺跡或墳墓取走埋藏品才是冒險者的作風，遑論屋主已死的民房。

他們懷著對死者的敬意找到的東西，是廚房裡被沙埋住的水瓶，以及爐子裡一片冷掉的硬麵包。

隨便找了個水壺倒掉內容物，拍去塵土，隔著一塊布將水倒入，如此反覆幾次便能過濾掉沙子。

硬麵包也只要用爐子點火，燒熱石頭，重新加熱即可。

只要動點腦袋、下點工夫，就能節省「淨化(Purify)」、「點火(Tinder)」和糧食。

「這幾天沒空坐下來吃飯，現在是個好機會。」

哥布林殺手緩緩將麵包切片，從鐵盔縫隙間塞進去，一面說道。

女商人聽了，疲憊的臉上浮現些許笑意。

「也很久沒在不會晃動的地方睡覺。」

「如果能洗個澡，就沒什麼好抱怨的了。」

妖精弓手憂鬱地拎起一搓頭髮。髒汙與森人無緣，所以她才會這麼在意吧。

聽見她的抱怨，女商人愧疚地說：

「如果我有蒙受能製造水的神蹟就好了。」

「若是如此，在這片沙漠搞不好能發一筆小財。」

礦人道士在一旁應聲，女神官面露苦笑，蜥蜴僧侶則用頗有深意的語氣附和：

「畢竟『花錢如流水』一詞，在這兒會是截然不同的意思。」

他將一小塊麵包扔進尺寸不合的大嘴。

「說起流水，聽說有用小鍋燉煮起司、將食物泡進其中食用的料理？」

「噢。」女商人瞇起眼睛。「是用白葡萄酒跟起司做的……山地地區的料理。」

「真是夢幻般的食物。」

「但有需要嗎？」

「當然，當然。」蜥蜴僧侶興奮地對女商人點頭。「需要可是由人創造出來的。」

飯後，他們使用沙子清理。

無論洗手還是清洗餐具，都用了沙子。

因為吸收了如此大量的日光及其波紋的沙，比隨處找來的水更乾淨。

這段時間平穩得讓人覺得不合時宜。

外面是沙漠、他們處在危急的狀況下、小鬼的隱憂，彷彿都要被遺忘了。

大家圍在一起吃飯的機會，還真是增加了不少。

哥布林殺手在思考如何剿滅小鬼的期間，忽然有這種感覺。

他發現女商人笑著吃飯時，不時會擦拭眼角。

但他什麼都沒說。

其他人八成也發現了，卻沒人提起。

他們這個團隊，不該隨便踏進唯一的倖存者心中。

只有女神官貼心地照顧著她，彷彿剛多出一個妹妹的小孩。

那也是她的選擇——既然女商人甘於接受，那就好了吧。

哥布林殺手沒有依依不捨，收拾完畢便站起身。

「那麼，開工吧。」

再說一遍，想出到屋外得費上一番工夫。

基於體型考量，由哥布林殺手站在椅子上動手。

他慎重拆下天花板，同樣慎重地敲碎天花板上方的磚坯。

使用的道具是冒險者套件（出門別忘記帶！）的鎚子及釘子。

沙子迅速掉進屋內，雖說是理所當然的結果，還是令人內心一驚。

不過同時從縫隙間透出的藍天，對女神官來說是值得歡喜的光明。

「這樣就出得去了……！」

「那麼，得慢慢拓開洞口囉。」

礦人道士挽起袖子，手指圍成一個圓圈，透過那個圈凝視洞口，點頭。

「嚙切丸，換我上。長鱗片的，借個肩膀，凡人蓋的房子大得莫名其妙，我搆不到。」

「明白，明白。」

蜥蜴僧侶彎下腰，礦人道士踩到他肩上，接手之後的工程。

他用粗大的手指靈活地使用鐵鎚，敲碎磚塊，拆除，扔到一旁。

費工的只到這裡，剩下就是時間上的問題。

洞口瞬間擴展到人穿得過去的大小，哥布林殺手率先爬上去。

「可以了。」

女神官抓住隨著這句話扔進屋內的繩索，爬到屋頂上，映入眼簾的是——

「哇……」

四方世界無邊無際的地平線，以及位在駭人高度的藍天。

世界是多麼廣大啊。

藍色天頂及浮在其上的雲朵，遠到伸長手臂也絕對無法觸及。

四面八方只看得見紅色的沙在流動。

吹在臉頰上的熱風令她反射性瞇起眼睛，按住頭髮，女神官感覺到自己呼吸加快。

呼，呼，呼，呼。像在喘氣般急促又微弱。

忽然被扔到海洋中心，差點溺斃——不知為何，眼前景色使她產生這種感覺。

正因如此，第一個發現的人也是她——女神官。

「沙漠……在移動……？」

起初是些微的震動。沙子蕩漾出的漣漪。然後是斬裂沙塵——形似尖塔的背鰭。

與沙塵一同竄上地面的大魚，使人聯想到大得嚇人的外套。

一隻——不，不只一隻。兩隻。三隻。

接連出現的巨影展開宛如雷鳥翅膀的胸鰭，於空中翱翔，長尾拖出一道道痕跡。

令人頭昏眼花的一群大魚從沙地飛出，覆蓋天空，再度潛入沙中。

魚群揚起的滾滾沙塵如同水滴，降雨般落在一行人身上。

「沙海鷂魚（Sand Manta）的大遷徙……！」

忍不住吶喊的，是礦人道士？還是蜥蜴僧侶？搞不好是女商人。

不過在此之後，冒險者們彷彿喪失了語言能力，為那氣勢磅礴的景象看得出神。

因為這畫面即使是森人，一輩子也未必能目睹一次。

「唉……現在要怎麼辦？叫我們踩著牠的背穿越沙漠嗎？」

又不是童話故事裡出現的黑衣獵人。妖精弓手傻眼道。

「不過說起童話，這簡直就像傳說存在於古老往昔的無盡大蛇呢。」

「何以見得？」

蜥蜴僧侶好奇地回問，妖精弓手聳聳肩：

「遇見的森人，至今依然在等待牠通過。」

妖精弓手板著臉回答，不久後，纖細的肩膀忽然顫抖起來。

接著，她終於忍不住笑出聲：

「啊──討厭，真讓人受不了！」

銀鈴般的笑聲彷彿在證明她是發自內心感到喜悅，向天際延伸。

她用孩童般的動作仰躺到地上，毫不介意身下的沙子，伸長四肢。

「就是因為這樣，冒險才有趣。」

有人因這句話笑了。笑聲如漣漪似的擴散開來，瞬間感染了所有人。

或許是因為面對這個情況，只能以笑容帶過，也有可能單純只是被眼前景象震懾住了。

© Noboru Kannatuki

不過，他們並沒有放棄。

沒有馬，沒有物資，沒有時間，只能等待沙海鷂魚通過。

等待過後，必須漫無目的地在沙漠中徬徨。

然而——不知為何。每個人，甚至連女商人都沒有絕望。

連哥布林殺手都咕噥了一聲「是啊」，究竟有沒有人發現呢？

這就是冒險，已是不言自明之事。

而既然是冒險——「宿命」與「偶然」的骰子，此刻仍在喀啦喀啦地轉動。

骰出的點數先不論好壞，往往帶有戲劇性。

「……船。」

最後，看見骰子點數的是女商人。

她喃喃說道，在沙子中前進，跑到屋頂的角落。

女神官急忙跟在後面，摟住纖細的腰支撐她。

「船……？」她和女商人盯著同樣的方向，眨眨眼睛。

那無疑是船。

熱風揚起白色船帆，在沙地上留下白色痕跡疾駛的船。

好幾艘三角形船帆鼓起的船隻，竟然追在那群沙漠鷂魚後頭。

此情此景不禁讓人瞬間忘記這裡是沙漠，甚至像幻影。

「那麼身為遇難者，試著求助吧。」

蜥蜴僧侶悠哉地說，哥布林殺手點頭贊成，舉起不長不短的劍：

「大聲呼喚。有攜帶反光物的人，舉起來揮。」

「啊，是、是！」

「那就用這個……！」

女神官連忙點頭，舉起錫杖，旁邊的女商人拔出腰間的細劍。

伴隨清脆聲響出現的，是由紅寶石鍛造而成的耀眼輕銀光輝。

船團似乎注意到了在陽光下閃耀的光芒。

一行人看見帶頭的那艘船改變方向，向村落遺跡駛來。

「海賊——不，該叫沙賊嗎？希望不是那類型的集團。」

「到時把船搶走就好啦。」

礦人道士愉悅地嘟囔道，妖精弓手立刻跟著開起玩笑。

不久後，船隻揚起沙塵在廢墟旁停下，船舷朝向一行人。

或許是漁船吧，體積沒有大到哪去——但那是在跟沙海鷂魚相比的情況下。

目測可供十人搭乘的船上，一名老者拿著一根長魚叉站在甲板。

「你們是漂流者嗎？」

「對。」

哥布林殺手默默點頭。

「我們是……」他稍事停頓。「……冒險者。遇到了麻煩，可否載我們一程？」

他語氣平淡，對方也用低沉平穩的聲音回應：

「隨你們便。」

疑似船長的年邁蟲人（Myrmidon）說道，「喀喀」敲響下顎。

§

在船上感覺到的風不同於在沙漠沐浴的風，銳利且舒適。

大概不只是因為船的速度，蟲人提供給他們的水及手帕也占了一部分原因。

只是用溼布擦過臉，女神官就忍不住吁出一口氣。

明明待在那塊乾燥土地上的時間，只有短短數日。

「不好意思啊，蟲人老闆，幫大忙囉。」

「嗯，小事。因為我們不太需要水。」

礦人道士向他道謝，蟲人船長平靜地回答，嘴巴撞得喀喀響。

接著，船團俐落地改變陣形，圍住位在群體外圍的沙海鷂魚。

蟲人們擲出的魚叉，接連刺中瞬間與隊伍隔絕的那隻巨魚。

投擲技術當然比不上凡人，但蟲人會用數量彌補這點缺陷。

簡單地說，受過訓練的集團扔出的一百根魚叉，至少會有一根刺中。

話雖如此，那根魚叉絕不可能取走在天空與大地行進的巨大怪物的生命。

再者，一根魚叉能否對牠造成傷害（Damage）都不好說，撒網也只會害船被拖著走。

蟲人漁師卻用鉤爪抓住繩子，展開背上的翅膀，直接衝到沙海鵜魚身上。

剩下就是看蟲人們表演了。

魚叉一根又一根刺進沙海鵜魚的背，蟲人們蜂擁而至，大開殺戒。

時間當然不夠他們慢慢消耗沙海鵜魚的體力，於是他們從殼的縫隙間鑽進去，精準地砍下鰓和鰭。

沒多久，沙海鵜魚哀號著緩緩倒向一邊，像在掙扎般降低高度。

最後伴隨「咚」一聲地鳴及沙塵，摔在地面上。

「再怎麼大隻，掉下去就會死。」蟲人首領冷靜地說。「理所當然。」

「漂亮。」

蜥蜴僧侶轉動眼珠子，蟲人下巴敲得喀喀作響，說：

「我們就是這樣生存的。現在這個時期是那些傢伙的繁殖期，為了尋找雌性群體，牠們會像那樣成群四處游動。」

所以狩獵起來也很輕鬆。

蟲人首領喃喃說道，觸角隨風晃動，忽然對船員舉起手。

下一刻他們便轉換船帆的方向，巧妙地轉舵。

女神官覺得這跟魔法一樣，女商人卻有不同的反應。

她帶著參雜緊張、困惑、興奮的表情，專心凝視漁船和沙海鰯魚。

「怎麼了嗎？」

「啊，沒有，那個。」

女神官擔心地問，她像在掩飾般揮了下手。

「該怎麼說呢……就是覺得……真壯觀。」

「妳在經商的話——」

蟲人首領張嘴對女商人說：

「不是不能考慮跟妳做生意。」

「……謝謝。」

疑似被人看穿自己的想法，令白皙的臉頰染上紅潮，她繃緊身子低下頭。

——話說回來……

女神官聽著兩人無關緊要的對話，難掩內心的驚訝。

本以為蟲人這種生物是更加——無感情、冷漠的種族。

——果然要實際相處過才知道呢。

儘管不到偏見的程度，女神官仔細更正了自己心中先入為主的觀念。

沙漠也好，蟲人也好——冒險也罷，有成見都不是好事。

因為，這不是她在初次冒險時就學到的教訓嗎？

女神官瞄了他一眼，廉價的鐵盔靜靜上下移動，不知是如何解讀她的視線。

「……關於哥布林，你知道什麼嗎？」

啊啊，這個人真是的。女神官無奈地微微揚起嘴角。

「哥布林啊。」

蟲人首領像在沉思般低下頭，輕輕晃動觸角。

「以前我常對付他們，但你想問的不會是這些。」

「什麼？」妖精弓手晃動長耳，好奇地問。「難道你以前是冒險者？」

「哎，差不多。」

蟲人首領不耐煩地擺手。

不……說不定是在掩飾害羞。女神官心想。

「事實上，要看你們對這個國家瞭解到什麼地步。」

「聽說國王換人後，就和其他國家斷絕了交流——」

嗯。女神官手指抵在嘴邊，開口說道，女商人接在她後面補充：

「……據我所知，國境周邊有可疑的動靜。」

「是沒錯，但不對。」

蟲人首領緩緩在原地調整坐姿。

他盤腿而坐的姿勢頗有威嚴，看得出果然有一定的歲數。

從衣服底下露出的甲殼，也帶著許多小傷。

「王沒有變。死了是事實，但治國的是宰相。」

「奪權嗎？」

面對女商人的疑問，蟲人首領聳聳肩膀，甲殼發出摩擦聲。

「公主則留下來了。雖然應該有人阻止她。」

「那麼，發生了什麼事呢。」

蜥蜴僧侶緩緩抬起長脖子。

蜥蜴人（Lizardman）對戰事十分敏銳，他的語氣簡直像開口前就已經知道答案。

「貧僧等人遇見的那群打扮成士兵的山賊，反倒該視為……」

「八成是假冒山賊的軍隊。」

聽見蟲人這句話，哥布林殺手低聲沉吟。

毫不掩飾極度不悅的心情——儘管他一直都是這樣。

不過，女神官也明白他的心情。這個事實實在讓人不太想面對。

「意思是，**士兵和哥布林聯手**？」

盜賊、山賊等惡黨，與哥布林地盤相近並不奇怪。

然而堂堂的一國之兵——竟然在哥布林附近幹與搶劫（Bushwhacker）無異的勾當？

不過，怎麼想都只有這個可能。

裝備齊全、馴服了惡魔犬、擁有一整隊騎兵，規模如此龐大的小鬼群。

正常情況下，此等規模的小鬼群不可能在正規軍周圍活太久。

蟲人首領什麼都沒回答，取而代之的是下顎敲了一下。

「王的死因不曉得是暗殺或病逝，但能肯定宰相很聰明。」

——他究竟有什麼企圖？

女神官忽然感到頭暈，覺得站不太穩。

凡人在使喚小鬼。

邪教徒或侍奉混沌之神的騎士之流也就罷了，那人好歹是一國的宰相。

究竟基於什麼樣的心態，才有辦法沾手如此駭人的行為？

女神官在陽光底下不寒而慄，抱緊纖細的身軀。

「過去也有過使喚怪物的凡人，這並不罕見。」

哼。蟲人首領從氣門吐氣，晃動觸角：

「愚不可及……打個比方，你們聽過用火之祕藥射出石塊的武器嗎？」

「大炮、短筒之類的。」

礦人道士擺出一副知之甚詳的樣子回答，女神官卻從來沒聽過，與妖精弓手面面相覷。

「是指鐵炮呢。」女商人說，她只能納悶地回問：「鐵炮？」

「聽過。」

哥布林殺手低聲說道。

「就我所知，那與我的目的並不相符。是種用不到的武器。」

蟲人首領接著說：

「然而，對某人來說不同。那玩意能射穿鎧甲，打倒聚集在一起的敵軍，組建成軍隊即可稱霸。」

看樣子在過去，這個國家似乎有人這麼認為。

哥布林殺手追問，彷彿在催促蟲人首領：

「結果呢。」

「敵方的騎兵散開來突擊，閃避彈幕，在兩軍交鋒時重新聚集在一起靠避箭(Deflect Missile)擋掉子彈，陣形於是遭到瓦解，死光了。」

「不難料想。」

蜥蜴僧侶一副理所當然的態度喃喃說道，轉動眼珠子。

「單憑一種武力不可能改變得了戰場。取勝手段要多少有多少。」

帶來沙塵的風發出聲響，吹過甲板。

蟲人首領用複眼望向天空，沙色蓋過模糊的藍色。

「意即……那些傢伙完全沒發現自己在旁人眼中是什麼德行。」

§

太陽稍微越過天頂時，沙船揚起沙塵，橫向滑動，最後停下。

仔細一看，遠方有個看起來像黑色小山的影子。層層疊疊，圓頂的尖塔——是城堡。

女神官從未見過這種形狀的城堡，不由得看得出神，連要下船都忘了。

「那是國都……我們會避免靠近那一帶，因為不想遇到麻煩。」

蟲人首領的聲音令她回過神，女神官連忙挺直背脊，鞠躬道謝：

「那、那個，十分感謝您……！」

「用不著客氣。因為你們之後打算如何，都不關我們的事。」

蟲人首領甩動鉤爪，大概是因為女神官按著帽子不停低頭的模樣，令他感到不自在。

「我不清楚那些人怎麼讓小鬼聽話的，但要收集情報的話就去那。你們有門路嗎？」

「我有帶通行證跟一些貼身財物……」

經他這麼一問，女商人困擾地皺起形狀姣好的眉毛。

標致的面容露出孩童般沮喪的表情。

「其他東西，因為沙塵暴的關係沒了。」

「鮮紅死亡之風嗎，那東西相當棘手啊。有錢嗎？」

「有一些。也有通行證……我想不至於進不了城。」

「不行的話塞錢就能搞定……哎，既然你們身上有財寶，應該能在城內交易。」

世上大部分的東西，只要支付代價即可取得，商品、情報、城門的通行權也包含在內。

發出呼嘯聲吹過的風證明了這點。蟲人首領像在安慰小女孩似的開口：

「沙漠有風之神，交易神。被風奪走的東西，風會再將它帶回來。」

他在衣服底下摸索，將觸角對著一行人（Party），敲了下下顎。

「這個團隊的製圖人（Mapper）是誰。」

「是貧僧。」蜥蜴僧侶舉起手。「敢問有何指教？」

「拿去吧。」

蟲人首領隨手扔出一疊疑似用莎草（Papyrus）做成的紙。

蜥蜴僧侶用鉤爪在空中將其一把抓住，攤開來，工整的地圖躍然其上。

「這還真是……」蜥蜴僧侶感嘆出聲。「多麼詳盡的地圖……」

「是這一帶的地圖。只要別帶到沙漠外面，隨你愛怎麼用。」

「感激不盡。」

蜥蜴僧侶以奇怪的手勢合掌，深深低下頭，礦人道士在一旁附和「真的感激不盡」。

他用粗糙的小手用力拍了幾下鼓起來的背袋：

「老闆還分了水和糧食給我們咧。」

「這樣就算又遇到沙塵暴也撐得過去了！」

「我可不想再來一次。咱們跟那些吃霞就會飽的森人不同喔，長耳丫頭。」

妖精弓手對礦人道士的抱怨回以大笑，輕盈地跳下船。

白色外套揚起，降落時一粒沙都沒有踢散。

相對的，礦人道士則像摔在地上般「咚」一聲著地，再度換來妖精弓手的大笑。

不過接著跳下船的蜥蜴僧侶濺起沙塵巨浪，連她都遭受波及。

「失敬失敬。」

妖精弓手氣呼呼地扠著腰，蜥蜴僧侶彷彿不怎麼在意，轉動眼珠子。

然後，他將長尾伸向船身當成支柱，對女神官及女商人伸出手：

「來，兩位也下來吧。」

「不、不好意思。」

「……失禮了。」

兩人提心吊膽地牽著彼此，抓住蜥蜴僧侶的尾巴，輕輕降落在沙地上。

妖精弓手似乎還在記恨他把沙子潑到自己身上，用手肘輕戳蜥蜴僧侶的側腹：

「我要下船的時候，你就沒那麼貼心耶？」

「貧僧被妳颯爽的身姿奪去目光了。」

被人一笑置之，她做出不符合上森人身分的無禮之舉，鼓起臉頰。

但那也只維持了一瞬間。

妖精弓手跨出長腿，走向沙塵的盡頭，心情徹底恢復。

「歐爾克博格，快點～！」

她轉身揮手。

「森人真活潑。」

站在甲板上的蟲人首領，用帶有親近感的語氣呢喃。

儘管不明白這句話的意圖，哥布林殺手還是回道「總是受到她的幫助」。

「我沒辦法表現得像她那樣。」

「喂。」

忽然被人叫住，哥布林殺手停下伸向船舷的手。

蟲人首領用那看不出感情及表情的複眼，緊盯著他。

「你好像在迷惘。」

他語氣肯定。

「……不。」

哥布林殺手正想否認，卻說不出其他話。

他停頓了一下，沉吟，不久後「是啊」勉為其難地承認。

「虧你看得出來。」

「哪可能看不出來。」

蟲人口中發出嘎吱嘎吱的聲音。似乎是在笑。

「因為我以前常跟這種人搭話。」

「身為頭目……」

哥布林殺手改口。

「我似乎被他們當成頭目看待，不過──」

接著轉動那頂廉價的鐵盔。

被面罩隔開的視線範圍內，是站在沙地上等待他的團隊，以及女商人。

「是說那個像洋蔥的屋頂是什麼呀？好神奇喔。」

「那個啊。把石頭堆成那形狀，最後嵌上拱心石，就能自然而然蓋成不會崩塌的構造。」

「每塊土地都有屬於當地的智慧吶……」

「我自從來到這裡後，就一直驚訝連連……」

「……我也是。」

哥布林殺手看著他們與她們，嘆氣。

他從未想過要跟大家一起來到這種地方。

也從未想過到得了這種地方。

「不巧的是，剿滅哥布林以外的事……我不太擅長。」

關於今後的行程，自己能做到什麼呢——他如此心想。

是否要前進？若有人說他在猶豫，無疑是事實。

「任何冒險者都會踏入全新的領域，不過——」

蟲人首領斬釘截鐵地對哥布林殺手斷言。

「有人會在當地喪命，有人只剩半條命，也有人順利存活下來。管他煩不煩惱的。」

「……」

「既然如此，只能盡己所能。」

「是這樣嗎？」

「對。」蟲人首領搖晃觸角。「就是這樣。」

「……是嗎？」

哥布林殺手吐出一口氣

他沒有得出答案，也沒有解決煩惱，僅僅是重新確認了事實。

真是，師父看了肯定會捧腹大笑，責罵他，痛揍他一頓。

一切全看要做還是不做。

明明師父一開始就教過他——竟然在為這種事煩惱，自己果然很笨。

沒有才能，也沒有天分，只有毅力。也就是只能動手去做。把力所能及之事統統做到。

哥布林殺手用力抓住船舷，撐起身子，跳到沙地上。

咚一聲的著地聲，不同於礦人道士和蜥蜴僧侶，輕盈，卻強而有力。

「加油啊，冒險者。」

蟲人首領用複眼目送那道背影與夥伴共同邁步而出。

通過頂點的太陽雖然仍在釋放灼熱白光，不久後就會轉為淡紅色吧。

那幾位冒險者抵達國都時，肯定已經到了那個時候。

在意想不到的情況下幫了別人一把，蟲人首領像要掩飾這個事實般，揮動觸角。

自己已經很久沒跟冒險扯上關係了，偶爾卻會發生這種事，骰子的點數真是捉摸不透。

——這也是旅行之神的順風嗎？還是「宿命」或「偶然」呢……

「哎，對我來說……怎樣都好。」

蟲人僧正如是說道，敲了敲下顎。

© Noboru Kannatuki

間章 『宏大戰盤的棋手們（Great Game Master Scene）』

位於水之都的這家酒館本就燈光不足，角落的包廂座卻更加昏暗，讓人聯想到深海。

「嗨。」

「呃。」

嬌小的銀髮少女忽然出現，舉起一隻手，擔任中間人（Fixer）的男子明顯皺起眉頭。

這是家裝潢高級，一般平民不會敢隨便踏進的店。

身穿侍女服出現在這裡，自然會顯得特別突兀——少女卻異常融入。

她的身材甚至會讓人誤認成圃人，隱藏氣息的技術想必也不相上下。

——聽說她進過死之迷宮（Dungeon of the Dead），看來此話不假……

思及此，中間人便將「所以她現在幾歲啊」這個失禮的疑問拋到腦後。

雖說是意想不到的登場，觸怒雇主（Johnson）絕不會有好事。

「請問您有什麼事？」中間人望向少女。「關於工作進度，我想我已經跟您報告過了。」

「嗯，就是要跟你說那個。」

她跳到椅子（Stool）上，手一揮，毫不猶豫點了昂貴的酒。

或者該說烈酒。礦人釀的火酒，不是給一般凡人喝的。

兔人女侍以與高級店家相稱的快速、優雅動作送上杯子，少女舉杯一飲而盡。

「總之再來一杯。」

「談工作（Run）的時候不是嚴禁喝酒嗎？」

「這種東西只能算水啦，水。」

森人喝了會頭腦炸裂的酒，哪能叫水啊。中間人搖頭，一副放棄反駁的模樣。

「所以，進度如何？」

「哎呀，這個嘛，情勢錯綜複雜。」

過沒多久，兔人女侍晃著臀部及尾巴出現，銀髮侍女再度從她手中接過杯子。

這次她小口小口地喝著，無奈地聳肩：

「所以才會在公主耍任性的時候，趁機雇了斥候（Scout）。」

「隔壁的。」

中間人補充道，銀髮侍女點了下頭。

什麼「趁機」。中間人在內心竊笑。妳只是利用它當作光明正大介入其中的藉口吧？

「幸好我們這邊的公主很乖，感謝地母神的庇佑。」

乍看之下會覺得兩人缺乏戒心，但這方面不成問題。這家店原本就是供人談論機密話題的。

再說，主動開啟話題的是這位雇主（Johnson）。

——看來我白擔心了……

中間人無奈地嘆氣，「小姐！」叫來女侍點酒。

在團隊夥伴努力工作的期間喝酒雖然不太好，他也正在奮鬥。

跟人協調、做好事前準備、收集情報、善後、準備救援，諸如此類。

到頭來，在整個工作流程中，與敵人交鋒僅僅是最後的高潮部分。

不過正因為那高潮的部分引人注目，才需要更加低調。

粗暴（Cluedo）實則纖細（Technical），纖細（Technical）實則粗暴（Cluedo）。

此乃長生的祕訣。

腳邊的白色野獸不停拍打他的鞋子，他輕輕用鞋尖推回去。

——不好意思，在妳臥病在床的時候麻煩妳，改天我會去探病，原諒我吧。

能操縱複數使魔的魔術師十分可靠，託**她**的福，他才能祕密跟同伴取得聯繫。

密探、森人魔法師、精靈使御者、知識神神官、帶著使魔的魔法師，以及自己。

這六個人是不錯的團隊——至少中間人這麼認為。他希望大家也有同樣的感覺。

正因如此，動用三寸不爛之舌與眼前的委託人應酬，也是自己的職責。

「所以，怎麼了嗎？那起與神酒有關的瀆神事件，不是已經解決了？」

「哎，小鬼是解決了啦。到頭來根本沒有多嚴重。」

「派軍隊進村子保護他們即可。」

他壞心眼地試著詢問，想順便回敬對方，侍女嗤之以鼻，表現出不屑一顧的態度。

「前提是有無限的預算、資源、人手，人民還要統統一心向著國王。」

呃，那樣也滿討厭的。他喃喃說道，少女抬起視線，狠狠瞪過來。

「再說，你也知道不是只要應付小鬼就行吧？」

「是啊。」中間人笑道。「拜其所賜，我們賺了不少。騷動（Trouble）即為工作（Business）。」

邪教、吸血鬼、魔神，違法與瀆職，企圖造反的邊境領主與門閥貴族。

告發犯罪又賺不了錢——這句話不曉得是出自森人還是其他人口中。

混沌與秩序的爭鬥，身為在其夾縫間的影子底下奔走之人，這句話只能說是至理名言。

「問題在於，是誰讓小鬼增加的。」

銀髮少女嘆了口氣。

不是問手段。也不是問目的。是誰。中間人能理解她的意思。

因此，他決定盡早確認不祥的預感。

「您該不會要祭出勇者大人吧。」

「怎麼可能。」少女不屑地笑了。「派她介入人與人之間的鬥爭，太愚蠢了。」

雖然有很多人想立刻派出稍微有點實力的人出馬解決。侍女聳聳肩膀。

「那麼……是要我這邊的人動手？」

那就危險了。無計可施。可是賺得了錢。雖然需要求證。

在風險與報酬間取得平衡，是交涉人(Face)的任務。

和揮劍、射箭、使用法術相同，交涉人是用言語和人交鋒的職業。

中間人思考著。我想想，跟在水之都與**鬼**之警衛長起衝突比起來，何者較為輕鬆？

腳邊的魔法師使魔理解了狀況，謹慎地戒備起銀髮少女。

一旦交涉遇到瓶頸，變得更加**激烈**，她的法術就是救生索。幸好有請她來。

銀髮少女卻揮揮手，大概是感覺到中間人的氣息變了。

「不，已經有其他人動起來了，不必多此一舉。帶頭的是個髒得跟滿身黏菌一

© Noboru Kannatuki

樣的戰士。」

「哦？」

「小鬼就要交給剿滅小鬼的專家處理。大主教大人（Archbishop）和擔任御用商人的那個女孩好像採取行動了。」

中間人假裝對此不感興趣，「哦」了一聲，豎起耳朵。

儘管她表面上尊稱人家一聲「大主教大人」，語氣卻親切得像在叫自己的姊妹淘。

那位大人是六英雄之一。御用商人……是那個當過冒險者的貴族千金吧。

——既然如此，那個國家八成又要引發一堆問題。

必須做好準備。因為在檯面下的世界，騷動即為生意的來源。

「哎，一切都是業（Karman）啦，業（Karman）。」銀髮少女臉上露出淺笑。「要做好事積德。」

「生於因緣，死於業？」中間人也笑了。「那我要去幫助手上拿著零用錢的小孩了。」

中間人說道，瞄了銀髮少女一眼。

「那麼，正事是？」

「抱怨。」

銀髮少女兩眼無神，又灌了口酒，叫來兔人女侍。

「這附近毒蟲太多。大蜘蛛或蠍子之類的。」

少女深深嘆息，趴在櫃檯上，銀髮隨之散開。

他沒打算問她的年齡，不過這樣一看，有如在鬧脾氣的小孩。

「拜其所賜，這陣子都要忙著驅除害蟲。」

「陛下嗎？」

「貧窮貴族的三男和他的隨從。」

少女咕噥道，表情看起來有些愉悅，雪白臉頰染上朱紅的原因，絕不只是酒精。

——也就是說，到頭來她對於冒險樂此不疲。

中間人如此心想，又點了一杯酒。

必須是最高級、最美味、最烈的酒。

敬平安歸來的同伴、生意繁榮、紅髮樞機主教的勞苦，以及美妙的冒險。

「那，下次讓我聽聽那場冒險吧。」

「有機會的話。」

少女笑著說道，愉悅地拿起送到桌上的酒杯把玩。

中間人——很清楚冒險者跟他們是似是而非的存在。

「所以，我們該做什麼？」

「找人，跟做一件事吧。」

始終待在陰影處，隱藏自己的才能，無論如何都要達成使命。

那就是他們——黑手(Runner)。

「……唔。」

「嗯……！」

「……呼。」

俗話說三個女人湊在一起，肯定靜不下來，不過現在這個時候，三位少女只有發出平穩的嘆息聲。

由油燈照亮的昏暗石室內，白色蒸氣繚繞，連旁邊的人都看不清楚。

大理石作成的長椅，椅背是巨大的石櫃，蒸氣源自於此。

只穿著內衣——妖精弓手則是裹著薄布——在裡面休息，轉眼間汗水就會從體內噴出。

經歷橫渡沙漠的旅程，對於疲憊的身軀而言，異國城市的蒸氣浴可謂再舒服不過。

「……啊——凡人真會想些神祕的主意……」

妖精弓手邋遢地垂下長耳，發出慵懶的聲音。

因為精靈會混在一起而討厭洗澡，已經是過去式。

她的頭髮被往上噴的蒸氣濡溼，看起來十分滿足。

「跟暖爐……又有點不太一樣。」

「城裡或宅邸裡，也有在大理石製成的大櫃子裡生火的暖房。」

有點口齒不清、語氣恍惚的聲音，出自表情終於緩和下來，吁出一口氣的女商人口中。

雪白肌膚泛起紅潮，掛著珍珠般的汗水，放鬆地沉浸在蒸氣中。

「石頭會慢慢變熱……不過竟然會把它用在蒸氣浴上……令人驚訝。」

她邊說邊不停撫摸後頸，或許是於後頸浮現的駭人傷疤的關係。

女神官小心翼翼抱著自己的行李，鼓起勇氣開啟話題。

「……總之到城市了……之後該怎麼辦呢？」

沒錯，問題就在這裡。思及此，女神官發著呆閉上眼睛。

——不，已經不是問題了。

或許是因為血液循環變好了。她委身於跟沙漠的熱度不同的舒適熱氣中。

在這個沙漠之國，蒸氣浴十分普遍，聽說裡面還能接受按摩。

然而，他們實在沒那個時間讓人幫自己按摩。有該做的事。

沒錯——那不是問題。重點在該如何解決問題。

在蟲人（Myrmidon）的幫助下進入國都，先找好旅館的一行人（Party），已經在採取下一個行動。

不管怎樣，總之先休息再說。接著是收集情報，以決定下一步棋。

在搞不清楚方向的環境中埋頭猛衝，只有部分情況下會奏效。

蜥蜴僧侶及礦人道士說要邊走邊吃，順便在街上巡視。

哥布林殺手則有地方要去，最後跟其他人分頭行動。

至於女性組——

——……他是在為我們著想吧。

儘管只有簡單的「去休息」一句話，他們都認識那麼久了。她能理解他的意圖。

跟以前不同，她確實有其他選擇。只要自己主動提出即可。

女神官在這個前提下回答「好的」，與女商人、妖精弓手一同來到這家湯屋。

因為若不養精蓄銳，緊急情況會無法向神祈禱神蹟。

「畢竟，這裡是敵陣嘛。」

該放鬆的時候就放鬆，該緊張的時候就緊張。

女神官輕輕伸長手臂，從固定在牆上的水盤中撈水洗臉。

水聲及冰涼的感觸，對發燙的臉來說十分舒服。

「……我。」女商人喃喃說道。「……想去做生意。」

「做生意？」

妖精弓手晃動長耳回問，女商人簡短回答「是的」。

「雖然馬車沒了，我帶著幾件可以當商品的東西。」

——經她這麼一說。

女神官回想起來。礦人道士在自己的衣服上縫了幾顆寶石。

他說那是旅行時用來以備不時之需的，原來如此，確實沒錯。

雖然會有行李丟失的時候，連衣服都不見的情況倒不常見。

她抱緊布包，輕聲說道「我懂」。女商人點頭。

「有家王位被篡奪前跟我國做過生意的商會，我打算去那裡問問看。」

「一個人嗎？」

妖精弓手瞇起眼睛，臉探向女神官這邊，彷彿在徵求同意。

「會不會有危險？」

「這個嘛。」女神官纖細的手指抵在脣上，陷入沉思。

「不曉得會發生什麼事——妳是委託人，我們又是護衛。」

就算她懂得法術、劍術，曾經是冒險者也一樣。

不能讓她在敵陣單獨行動——那個人八成會這麼想。

「實在不能讓妳一個人去。」

「是嗎……」

不曉得是不是錯覺，女商人沮喪地低下頭，使女神官眨了下眼睛。

她輕輕瞇起眼睛，忍住笑意，以免被她發現。

妖精弓手似乎也察覺到了，喉間傳出輕笑聲。

這名友人露出與年紀相符的表情，對兩人來說相當值得高興。

「那就兩兩分組囉！」

雖說未必是出於這個原因，妖精弓手氣勢洶洶地宣言。

她雙手各豎起兩根美麗的手指，用力指向兩人。

二？女神官與女商人面露疑惑，妖精弓手「沒錯！」挺起平坦的胸膛。

「讓歐爾克博格獨自行動太奇怪了。大家都分成兩個人一組，因為單獨行動很危險！」

所以身為委託人的女商人也沒被視為客人，而是能獨當一面的夥伴——是這個意思吧。

不知道她有沒有考慮這麼多，但森人的思慮之周到，有時會射穿真理。

女商人瞬間瞪大眼睛，露出宛如花朵綻放的笑容，點了下頭。

「好的！我……沒意見。」

跟小孩子一樣，女神官心想。明明她跟自己沒差多少歲。

不，以身材來說，在這之中她是最成熟的。

她有點羨慕。不過自己是前輩，她是後輩。既然如此……

「那就跟我——」

「我跟這孩子一起去——做生意？妳負責歐爾克博格！」

妖精弓手先發制人。

剛才豎起的兩根手指變成一根食指，指向女神官。

「咦，啊。」女神官困惑地頻頻眨眼。「我本來打算跟她一起去……」

「遇到沙塵暴的時候，妳們不是黏得很緊嗎？那麼久沒見，我也想跟她聊天。」

森人講出「久」這個字有點奇怪，女神官忍不住笑出來。

妖精弓手似乎將這個反應視為在調侃她，往女神官身上瞪過去，她急忙揮手解釋「不、不是啦」。

「那麼，我就去找哥布林殺手先生。」她瞄了女商人一眼。「……可以嗎？」

「是的。」她肯定地點頭。「我也想好好跟她聊聊。」

「那決定囉！」

妖精弓手態度強勢。女神官覺得連自己都被當成小孩子看，嘛起嘴巴。

可是覺得自己被當成小孩，因此鬧脾氣，不是顯得更幼稚了嗎？

女神官改變心態，再度點頭：

「我明白了。那我先走囉。雖然哥布林殺手先生很習慣單獨行動——」

「不過，又還沒要去剿滅哥布林。」

妖精弓手咯咯笑著，女神官也苦笑著點頭。

她抱著行李起身，女商人納悶地抬頭看著她。

「是說，為什麼要把鍊甲帶進浴室……？」

「因為弄丟了會很麻煩喔？」

妖精弓手默默摀住臉，仰天長嘆。

§

來到室外，有股懷念的味道，女神官嗅了幾下。

白褐色——該這麼說吧。

清洗完身軀，離開湯屋後，她重新觀察眼前的街景，給人這樣的印象。

將磚坯堆積在一起塗上灰泥蓋成的房子，綿延不絕。

沒有玻璃——不過透明的薄玻璃，在這個國家好像也屬於高級品——的窗子。

土壤密合的褐色道路。乘風飛舞的沙塵。

街上的行人都穿著從未見過的衣服，拿著從未見過的東西。

以及彷彿要睥睨這一切，聳立於遠方的圓頂巨大宮殿的影子。

──雖然我們的城堡也很壯觀……

跟用來戰爭的城堡，氣勢又有些許不同。

不過，這裡果然是城市，生活於此的是人民。

下午，太陽綻放的白金色光輝也沒有差異。

光著腳四處奔跑的孩子們。在路邊放了張桌子玩桌上遊戲的老人們。

疑似某戶人家的太太的人，在攤販買水果。

──那是甜瓜(Melon)呢。

她曾經吃過。原來如此，是這一帶有種的水果……

當然不只光明面。

女神官知道，四方世界不是只由光明面構成。

她已經明白，足以改變人類一生的事件──會發生得理所當然。

她也曾經想過，這樣真的好嗎？

例如披著草蓆，坐在昏暗小巷的陰影處的人們，前面擺著缺口的飯碗。

彎過一個轉角，八成是棲息在混濁影子底下的聲色場所和菸館。

在對面的市場被拿出來賣的，肯定是奴隸。

欠錢、欠稅、贖罪，或者為了清算戰爭時的債務，淪為奴隸的人們。

無分正確與否——僅僅是做為事實存在，她活在這樣的世界。

——還有哥布林。

當然，威脅這個世界的怪物不只小鬼。

不如說……眼中只有小鬼，大錯特錯。

食人鬼(Ogre)、異界的大眼珠、闇人(Dark Elf)、巨人(Troll)、阻斷河流之物(魔克拉．姆邊貝)、上級魔神(Greater Demon)、雪之魔女、邪教。

光是自己看過的，就有這麼多威脅存在於四方世界。

她不認為小鬼更加危險，不過……

——啊啊……

曾幾何時，哥布林殺手在水之都說過的話，閃過女神官的腦海。

——氣氛跟被哥布林盯上的村子很像……

人們的表情透出一絲憂鬱。

風有點混濁。

後頸陣陣發麻，奇妙的異樣感。

若要用一句話帶過去，或許是錯覺。

但她也聽說過，直覺可以說是一種經驗。

不曉得是因為她累積了不少經驗，才開始感覺得到，抑或單純只是她這麼認為。

「……」

女神官無法判斷，像在尋求依靠似的雙手握緊錫杖，加快腳步。

各處的街口都站著衛兵，腰間配帶半月形的彎刀，警戒地監視四周。

考慮到之前在路途上發生的事，不能因為對方是士兵——不，正因為對方是士兵，才得更加注意。

因此，為了避免被盯上，她故作鎮定地在街上走動。

走路不要太快。但不要左顧右盼。

哥布林殺手說要去的店家，在前往旅館的途中經過過。

記得位置在……

「那個，不好意思……」

「唔咦？」

忽然從旁被人叫住，女神官不小心發出錯愕的聲音。

回頭一看，站在她旁邊的是風格熟悉——也就是穿著我國的服裝的外套少女。

「啊啊，果然！」看起來很親切的那名女性，看到女神官便展露微笑。

從頭巾底下露出的長耳晃動著。掛在脖子上的是地母神的聖印。

「森人……？」

「太好了。我就覺得是同國的人。因為問這個國家的人好可怕。」

森人女性帶著滿面笑容走近。

女神官目光游移，看起來不知所措。因為這個事件不在預料之中。

「其實，我想請教一下湯屋在哪裡。妳知道嗎……？」

「是、是的。」

該如何回答？女神官雖然在猶豫，還是點了下頭。

「我知道……」

為什麼呢？她從她身上感覺到不明的——微妙的**差異**。

是因為她跟妖精弓手和那座村子裡的眾多森人接觸過嗎？

這名森人和她至今以來見過的森人比起來，總覺得，有點不同……

「住手。」

忽然響起的清澈聲音，打斷她的思緒。

平靜的聲音從小巷的陰影處傳來。穿著外套的紅髮女孩——同樣有一對長耳。

紅髮森人果斷走向兩人，對另一名森人投以銳利的目光。

「妳想陷害她對吧？那個手法我早看過了。」

「妳在說什麼？我只是在問路——」

戴頭巾的森人歪過頭，表現出不知所措的模樣。紅髮森人一語不發。

女神官困惑地看了看兩人，猛然發現戴頭巾的森人身上的異狀。

——汗水是白色的。

「……不好意思，失禮了。」

「什麼……!?」

想到就立刻行動。那是存活下來的訣竅，她學過好幾次了。

女神官迅速將手伸進森人的頭巾底下，擦過她的臉。

黏在手掌上的不是汗水，而是白色顏料——白粉。

從白色肌膚底下露出來的，是斑駁的藍黑色。

「闇人……！」

「嘖……！」

森人——不，女闇人用力咂舌，轉身拔腿就逃。

女神官馬上握緊錫杖，準備舉起來，卻立刻作罷。

周圍有衛兵在看，不該引起騷動……

「嗯，明智的抉擇。」

看見女神官的反應，紅髮森人露出柔和的微笑。

——啊。

女神官反射性眨了下眼。雖然看不出森人的實際年齡，但她感覺比想像中還年輕……？

「……那人跟衛兵是一夥的。他們很快就會來問妳是不是在跟賣麻藥的人說話。」

看。順著紅髮森人手指的方向看過去，目光凶惡的衛兵正拿著刀走向這邊。

女神官迅速在腦中思考該怎麼解釋，森人卻率先行動。

她站到正想開口的衛兵面前，以神祕的手勢擺動雙手。

「我們沒跟任何人說話。」

「……」士兵似乎愣了一下，接著便點點頭。「妳們沒跟任何人說話。」

「可以走了吧？」

「可以走了。」

她覺得自己好像看見了不可思議的奇術（Trick）。

衛兵搖搖晃晃地轉身，回到剛才自己所在的路口。

「效果維持不了多久。趁現在。走吧。」

紅髮森人吁出一口氣，擦掉額頭的汗水邁步而出。

看不出白粉剝落的跡象。女神官謹慎地跟在後頭。

「然後。」她背對著她說。「衛兵會說要檢查妳的行李，搶走錢財。」

「是詐欺嗎？」

「衛兵不是假的，所以或許不能這麼說。」

紅髮森人說道，輕輕聳肩，女神官沉默不語，微微咬住下唇。

有股混沌的氣息。

當然不是每個人都非得純潔無垢。連神都不希望如此。

然而違法、腐敗是混沌的苗床。發芽的它們會扎根、擴散開來，糾纏在一起。

如同魔女草(Striga)，讓國家枯萎，藉以開出美麗的紫花。

「……為什麼？」

紅髮森人似乎將她的呢喃，往不同的方向解釋。

「自我滿足。」她笑道。「我想試著積業(Karman)。」

女神官有種難以言喻的感覺，但她原本就不是擅長懷疑的個性。

──不如說，如果我對任何事都抱持懷疑的態度……

精神會撐不住。她深呼吸，吐氣，放鬆肩膀。

跟在洞窟裡一樣。該警戒的時候警戒。發生什麼事就立刻採取應對措施。

重點是，人家救了自己。該先做的事早已決定。

「那個，謝謝妳。」

女神官停下腳步，深深一鞠躬。紅髮森人瞬間驚訝地睜大眼睛。

接著「哎呀」一聲，露出靦腆害羞的表情搔著臉頰。

「其實我也沒做什麼。那個……妳是冒險者對吧？」

「啊，是的。」女神官點頭。「我要去黃金海市蜃樓亭這家店……」

「那正好。」

紅髮森人臉上露出屬於年輕——十五、六歲——少女的笑容，停下腳步。

「因為我也要來這裡。」

女神官驚訝地抬頭。

一棟美麗的樓閣聳立於此，彷彿前一秒才出現的幻影。

§

往門後踏進一步的瞬間，女神官可以說整個人被震懾住了。

樓閣中央是打通的，比外表看起來更加寬廣。

房間呈螺旋狀排列，可以俯瞰正中央的圓臺。

映入眼簾的所有用具，都綻放黃金色的光輝——然而不僅如此。

是水。

樓中設有水路，大量的水奢侈地在其中流動。

竟然能在這座沙漠——真的把水拿來當流水用！

女神官下意識駐足，周圍是種族各異的人在低聲交談。

「聽說這棟樓閣是真正的海市蜃樓……」

「……還沒開始嗎？我可是好幾個月前就預約了……」

「別鬧事喔。樓主的手下全是技藝高超的——」

「喂，快看。那個不是那家大店的店長嗎……」

下半身是蛇的女性扭動著尾巴前進，在裡面的水槽哼歌的，應該是人魚。

有雙頭侍者，也有全身刺著奇怪刺青的客人在喝酒。

女神官看呆了一段時間，猛然回神，搖搖頭。

——不行。

不能一直被這股氣勢壓制住。

紅髮森人熟練地往裡面走，她拚命追上她的背影。

真的盡是令人移不開目光的畫面。

與玻璃瓶連接在一起的菸管縈繞的氣味。服務生端出來的全是沒看過的料理。

有人拿著短劍在張開來的手掌上反覆刺擊，發出清脆聲響……應該是在賭博。

女侍們身穿令人臉紅的暴露服裝，扭著細腰在走道上來回走動。

除此之外，站在店內深處的門前的獸人肯定是保鏢。

他們默默睥睨店內的模樣沒有一絲疏忽，看得出實力堅強。

肌肉發達的身體自不用說，簡直像在衣服底下穿著鎧甲。

關節異常膨脹，更重要的是——長在臉上的尖角！

「那位是……獨角獸嗎？」

「誰知道呢。」紅髮少女笑道。「好像叫犀人。」

她坐到看得見圓臺的櫃檯前，女神官也跟著在旁邊的座位坐下。

櫃檯對面是戴面具的纖瘦——女性？——店員，在等待兩人點餐。

「呃……」

女神官抬頭看著掛在頭上的菜單。

是通用語言——吧。飲料的名字她看得懂，卻不知道那是什麼東西。

紅髮森人見狀輕笑出聲，豎起手指對面具店員說：

「有沒有加酒的飲料嗎？」

「這裡沒有賣酒。」面具店員搖頭。「有茶或其他飲料，和一些餐點。」

「那麻煩來杯甜的冷飲。還有簡單的食物。妳推薦就好。」

「啊，哇。」女神官驚慌地說。「我跟她一樣……！」

「好的。」

面具店員沒有嘲笑手忙腳亂的女神官，恭敬地低下頭。

等她——應該是。女神官依然看不出來——回到櫃檯後面，女神官呼出一口氣。

她望向旁邊，紅髮森人十分放鬆，愜意地休息著。

看見那對長耳，女神官「哦？」眨了幾下眼睛。

以森人來說稍短，以半森人（Half Elf）來說又有點長。

「請問，妳是森人……的。」她慎選措辭。「冒險者嗎？」

聽見這句話，紅髮森人苦笑著搖頭。

「不，是調換兒（Changeling）。」

記得是由凡人夫妻生下的森人。

是祖先的血液甦醒，抑或真的是妖精的惡作劇，尚無定論……

無論如何，是與人類不同的生命。想必會伴隨與之相應的辛勞。

「而且，與其說冒險者……」

不過，在女神官為此道歉前，她接著說道。

彷彿完全不把這件事放在心上的態度，證明她已經走在自己的道路上。

女神官反而為想要道歉的自己感到羞愧，默默垂下視線。

「更接近冒險工吧？」

紅髮森人靦腆一笑。是女神官陌生的辭彙。

「冒險工……」

「因為那是我的工作。」

當然不只這樣。她像在解釋般喃喃說道。

「……讓兩位久等了。」

過沒多久，面具店員回來了，靜靜將杯盤放在桌上。

透明的美麗玻璃杯裡，裝著黏稠的白色飲料。

用金屬雕刻裝飾的平盤，疊著好幾個類似點心的黃金色物體。

「那個……？」

從未見過的食物令女神官歪過頭，面具店員彬彬有禮地說：

「這是以水將凝固的桃子樹液泡開，用棗子與冰糖燉煮，加入牛奶做成的飲料。而這是——」

面具店員接著指向平盤上的料理。

「**油煮**魟魚。」

「魟魚？」

「在沙海飛翔的大海鷂魚(Ray)。」

——噢，那個沙海鷂魚……

女神官點點頭，首先感謝地母神，並決定享用那道料理。

因為她環顧店內，都沒找到那獨特的廉價鐵盔。

既然如此，讓溫暖的餐點冷掉，違反她的信仰。

祈禱完畢後，她立刻先將油煮——更正，炸魚送入口中。

「——！」

熱呼呼的酥脆麵衣在口中碎掉，轉為包在裡面的魚肉的軟嫩口感。

簡直像剛烤好的奶油麵包，而且還是用小麥粉做的白麵包。

十分美味，不過很燙。女神官自然將手伸向了玻璃杯。

「哇……哇……！」

入口即化的飲料又甜又冰涼，味道非常清爽。

她將飲料吞下去，滑進胃裡的觸感沁人心脾。

「嗯……好喝。」

紅髮森人也愉快地笑著，吃得津津有味。

妖精弓手不喜歡肉和魚，所以吃肉吃得這麼開心的森人，對女神官而言挺新鮮的。

話雖如此，她可不能一直坐在這邊吃飯。她不是來玩的。

女神官觀察著周遭，悄聲詢問面具店員。

「那個，不好意思。跟我同團隊的人好像也在這裡，請問妳有看見他嗎？」

「是什麼樣的客人呢？」

「呃。」

她豎起食指抵在唇上，陷入沉思。這個嘛，該怎麼說明呢。

「穿著鐵盔、皮甲、鍊甲……腰間掛著一把短劍，手上綁著一面圓盾……」

——……嗯。

光描述外觀應該就足夠了。女神官再度產生這個感想，不禁苦笑。

仔細一看，面具店員愣在那邊，似乎不知道該做何反應。

「……這樣的話。」她？說。「我想您可以先看看舞臺。」

「舞臺……!?」

她轉過頭，樓內的燈光正好關閉，取而代之的是中央的舞臺照下一道光。

場內鴉雀無聲，人們緊張地屏住呼吸，似乎在等待什麼事情發生。

紅髮森人在女神官耳邊輕聲說道。

「看，開始了。」

——沒錯，真的，開始了。

灑下此地星沙離去之眾
已於彼地光輝燦爛處沉眠多時
懇請聆聽吾之呢喃
接下來將講述的，乃風之音——……

§

清脆的鈴聲一響，細微聲音如同漣漪般在空間中擴散開來。
擁有褐色肌膚及黑翼的鳥人少女，靜靜走到舞臺上。
稚氣尚存的她臉上不帶感情，神情冷漠，翼爪握著一把彎刀。
在微弱的火光下，彎刀綻放彷彿有生命的澄澈光芒，想必是把名刀。
這時，少女將那把刀扔到空中，踏著輕快的步伐於舞臺上奔跑。
她像要跪在地上般，讓翅膀貼地，緊接著翅膀用力一拍，瞬間抓住劍一揮。
露出曲線平坦卻優美的肢體，跳起氣勢驚人的劍舞。
舞孃配合從後臺傳出的旋律揮劍，持續跳著舞步。
那是一則英雄傳說。遙遠的往昔，某位女詩人留下的武勳詩。

有一頭黑龍在地底深處的湖泊稱霸。冒險者們攻略暗黑的城塞，與之宣戰。

擊退在其中蠢動的小鬼和食人鬼，藉助暗之礦人的力量，終於下到深淵。

圃人斥候是唯一發現潛伏於水中的黑影的人，大聲警告眾人。

緊接著，黑龍抬起長脖子，吐出足以侵蝕一切的駭人強酸吐息。

蜥蜴人戰士獨自承受住這一擊，鱗片卻因此燒毀、潰爛，跪倒在地。

妙齡神官即刻祈禱治癒的神蹟，可惜敵人不會在原地空等。

衝上前爭取時間的，是背著樂器，繼承魔性血液的女魔劍士。

詛咒之刃(Hexblade)在龍鱗上刻下痕跡，蜥蜴人趁機起身。

大金棒咆哮著揮下，被擊中的黑龍立刻逃進昏暗的水底。

然而，蜥蜴人大喊一聲偉大的父祖之名，追著龍躍入湖中。

若能擊殺你這傢伙，這份功績想必會被人寫成詩歌。能讓所愛之人歌頌自己的功績，正合我意。

於是，可畏的黑龍的長脖子，在水中如同用釘子釘住般，直接被折斷……

舞孃不是靠言語，也不是靠歌聲，而是單憑那支劍舞演出一切。

褐色肌膚透出淡粉色，珍珠般的汗珠在燈光下閃耀光芒。

少女不帶感情的雙眼，直盯著坐在上座的青年——樓主，又有多少人發現呢？

那是無比熱情，純粹只為了那一人獻上的藝術。

專情又專一，惹人憐愛的戀之舞，使女神官忍不住臉紅。

「好厲害……」她下意識讚嘆，同樣紅了臉的紅髮森人也點頭附和「對呀」。

聚集在這座樓閣的客人，肯定全是為她的舞蹈而來。

看得出神，無法立刻回歸現實的女神官，吐出一口氣。

周圍的掌聲稀稀落落，聽起來像從遠方傳來的，肯定是因為大家也跟她一樣。

舞孃靜靜一鞠躬，消失在側臺，卻有種她的身影還殘留在舞臺上的感覺。

「聽說她是全國最優秀的舞孃。」

紅髮森人輕聲說道，語氣有點激動。

「是的，而且……屠龍的故事。」

女神官像在作夢般哼著詩歌，默默閉上眼睛。這個詞太過令人懷念。

她還沒遇過真正的——童話故事或傳說中出現的——龍。

總有一天，自己也會經歷那樣的冒險嗎？像當時一行人隨口聊到的那樣。

儘管龍絕對不是遇到了值得高興的存在……也沒有那麼容易遇到。

「哈哈哈……哎，人人都有夢想。」

紅髮森人苦笑著說，撥開垂到長耳上的頭髮。

「可是，**千萬別對龍出手**。有人警告過了。」

「那是……因為危險嗎？」

「因為只會惹麻煩上身，大概。」

她簡短地說，把玩著手中的玻璃杯。

「要不要相信就看妳了。」

噢。女神官一頭霧水地應聲，紅髮森人似乎看穿了她的疑惑。

「妳對屠龍有什麼堅持嗎？」

「啊，不是。以前……我的同伴提過……所以。」

同伴。真的能這樣稱呼嗎？女神官有時會迷惘。他，和她們。

她還沒有勇氣——再去見還活著的那女孩一面。

那肯定是比與龍對峙更需要勇氣的事。

紅髮森人靜靜垂下目光，拿起玻璃杯送到嘴邊，喝了一口。

「有的朋友，一輩子都無法再見到。」

「……是啊。」

女神官不清楚她遭遇過什麼事。

她也不可能知道女神官的經歷。

然而，不必明言也知道，兩個人都是被獨留的那一方。

——這一定是這個人**不只是那樣**的理由之一。

就跟女神官繼續冒險的理由之一，是第一次踏上旅途時遇見的同伴一樣。

不過，打斷她思考的東西，也跟過去的記憶同樣突如其來。

雜亂的噪音在樓閣入口附近響起，彷彿要驅散舞蹈及回憶的殘渣。

§

「還給我……！」

「在這裡，來拿啊……！」

「把劍，還來……！還給我……！」

女神官肩膀一顫，往聲音來源看過去，數名惡漢圍在一名年輕人身邊。

不，正確地說是踩著不穩的腳步從入口走進來的年輕人，撞到了那群惡漢。

在那之中的藍鱗蜥蜴人搶走他放在奢華劍鞘裡的劍，故意拿在他面前晃。

相對的，年輕人已經遍體鱗傷，一眼就看得出挨過一頓揍。

被人打倒後劍被搶走了——顯而易見。

「你輸給我了。想要的話自己動手搶吧。」

「可惡……還我……！」

誰都看得出這些惡漢聚集在一起，搶走了年輕人的劍。

不過，沒有任何人去幫助兩眼泛淚，卻依然勇於撲向男人的年輕人。

有人皺眉，有人板起臉，有人對這與高級店家的氣氛格格不入的騷動毫無興趣，移開目光。

在這座國家，這片土地，蜥蜴人對年輕人施暴，想必是家常便飯。

——太過分了。

女神官心想。因此她從椅子上站了起來。

面具店員輕聲咂舌，獨角獸保鑣邁步而出，全身的鎧甲發出吱嘎聲。

紅髮森人則微笑著嘆了一小口氣。

「嘿。」

因為，有比那四個人更快行動的人。

那名客人晃著肩膀走進酒館，靴子上的金屬釦具配合步調發出碰撞聲。

是名身穿皮外套，頭戴軍帽風格的帽子，疑似密探的年輕男性。

「歌舞都是要安靜欣賞的東西。」

「你說什麼……!?」

藍鱗蜥蜴人用那大得異常的眼睛望向密探。

密探卻不慌不亂，悠閒地舉起雙手。

「別生氣。我只是來邀你到外面打。」

「原來如此。」

蜥蜴人轉動眼珠子，愉悅地發出刺耳的咻咻聲笑道。

「行。到外面去。」

他用腳踢開仍在掙扎的年輕人，慢慢走向樓閣入口。

蜥蜴人用如同玻璃珠的眼睛，確認密探跟在自己上下擺動的長尾後面。

「我最喜歡看見你這種人被揍得屁滾尿流。」

「這樣啊。」密探笑了。「有種就試試看。」

之後發生了什麼事，女神官並不清楚。

不過她看見了——密探用快得異常的速度，毆打蜥蜴人的後腦勺。

但那只有短短一瞬間，她完全想不通他到底做了什麼。

蜥蜴人發出巨響摔在地上，從他的手背延伸出如同銀光的鋼線。

鋼線擦過密探的帽子，牢牢陷進樓閣的牆壁中。

原來蜥蜴人用手背射出了有如利刺的東西。

「所以我不是叫你到外面打嗎？」

密探無情地空手砍斷鋼線，扛起蜥蜴人隨手往外面一扔。

就這樣結束了。

被密探狠狠一瞪，蜥蜴人的跟班驚慌失措地逃到店外。

周圍的客人、保鑣、面具店員，似乎也判斷這場騷動到此結束。

眾人的目光瞬間消失，立刻恢復原本熱鬧的氣氛。

他們紛紛討論起對於舞蹈的感想，剛才的糾紛似乎已經被拋到腦後。

「賠償費。」

密探從外套的口袋裡拿出金幣彈出去，面具店員在空中接住。

仔細一看——不曉得是什麼時候拔出來的——店員手裡拿著狀似毒針的利刃。

她彬彬有禮地收起劍，恭敬地收下金幣，點了下頭。

對象是身在側臺，理應已經回到裡面的舞孃。

她的手放在劍上，看起來稍微鬆了口氣，對樓主的位子鞠躬，又回到裡面去了。

——看不出來。

女神官眨眨眼睛。她完全看不見他們是何時行動的。

「我看看……」

密探無視其他人的反應，撿起從蜥蜴人手中掉落的長劍。

連女神官都覺得那是把優美的彎刀（Sabel），收在作工精細的劍鞘中。

密探仔細端詳了一陣子，不久後，將它扔給搖搖晃晃地站起來的年輕人。

「哇、哇……！」

年輕人連忙抱住劍，瞪大眼睛看著密探。

密探輕輕頂起帽簷，被外套遮住的嘴角似乎掛著淺笑。

「算你運氣好。」

「……！」

年輕人抱緊劍，也許是太感動了，沒道謝就衝出樓閣。

目送他跑走後，密探慢慢轉身面向女神官。

接著尷尬地抬起一隻手。

「嗨。」

「真是。」

紅髮森人露出無奈的苦笑。

「事情辦完了？」

「嗯，對啊。」密探瞥了年輕人剛才跑走的門口一眼。「剛辦完。」

「這樣呀。」

「之後就是跟大家會合，**跑一場**。」

他跟她親暱地交談著。

看到這副模樣，大概猜得到兩人的關係。

女神官緊張得繃緊身體，將平坦的臀部坐回椅子上。

「是妳的同伴……嗎？」

「嗯。」她困擾地搔著臉頰，點頭。「是我們的斥候。」

「她是？」

這次換他回問，紅髮少女靦腆地回答「沒什麼」，站起身。

「不是不能引人注目嗎？」

「哈。」密探嘀咕道。「是對方先出手（Shot First）的耶？」

「你是想耍帥吧。」

紅髮少女竊笑著。

「比如你剛才的走路方式，到底在演哪齣？」

密探似乎被說中了，碎碎念了一句後放棄辯解，點頭承認。

「對啦……耍點帥又不會怎樣。」

沒有啦。紅髮森人搖頭，面帶笑容，愉快地小跑步到他身邊。

她肯定是在高興密探跟自己做了同樣的事。

因為——女神官也隱約明白這種心情。

「那個。」女神官慎重地挑選措辭。「……那，請小心。」

儘管是平凡無奇的話語，女神官卻是發自內心的。

就算相處時間不長，也足以構成為對方祈求平安的理由。

「嗯，妳也是。」

紅髮森人露出柔和的微笑，從錢包裡拿出金幣，在櫃檯上一滑。

面具店員看都不看那邊一眼，接住硬幣，優雅地低下頭。

「歡迎再度光臨。」

「謝謝。」

紅髮森人揮了下手，帶著密探邁步而出，宛如要去逛街的少女。

兩人的身高雖然有差距，並肩走在一起的模樣，卻有種數年來都是這樣的感覺。

女神官心不在焉地看著兩人，輕聲嘆息。

她可沒有覺得羨慕。

§

過沒多久，奇怪的二人組從裡面的包廂走出來。

「真是，還想說怎麼來了個怪人，結果你問的事也很奇怪。超麻煩的。」

「我有支付費用。」

「是沒錯！不好意思，我在抱怨。因為部下開店後，工作就多到不行。」

小女孩用小小的鼻子哼了聲——圃人，不，是礦人吧。

沒有鬍子，髮量十分豐富，腳步聲透露出她的身體雖然纖細，卻肌肉發達。

身穿高級的衣服，長靴踩得地板喀喀作響的模樣，儼然是知名人士(Big Name)。

礦人少女邊抱怨邊瞪向樓主的座位，廉價的鐵盔則跟在身後。

身穿骯髒皮甲的那名男子，正在將裝滿液體的小瓶子及一捆卷軸塞進雜物袋。

「如果我跑去跟樓主(那傢伙)抱怨，那傢伙的舞孃不是驚慌失措，就是直接拔劍。唉……」

鳥人醉心於人未必不好，她的舞又可以為樓閣賺到不少錢，所以事實上也沒什麼好挑的。

操縱黑沙的魔法師、從奴隸變成隨從的舞孃、戴面具的暗殺者、獸人鬥士——少女不停抱怨從最前線退下來的部下，語氣聽起來卻很滿足。

部下退休了。人手不足。但那個部下的店賺得了錢。現狀是有利的。

在功利主義者眼中，抱怨現狀或許是某種樂趣。

她八成打從一開始就不期待哥布林殺手回答，所以這也是理所當然。

她用兩隻短腿前進，忽然喃喃說道，抬頭盯著鐵盔。

「以前有個跟你很像的傢伙。」

「那人說過，盜賊不敢對塔出手是因為膽小。只要鼓起勇氣從外牆爬上去就行——是個愚蠢的鄉巴佬。」

「我爬過。」哥布林殺手淡漠地說。「那傢伙最後如何。」

「成功了。」礦人少女一副不意外的態度。「真是恐怖的蠻人。」

她沉默片刻，咕噥道「雖然講這種話不太符合我的作風」，皺起眉頭。

「……我想不到還可以跟你說什麼。木桶騎士的弟子啊。」

她挺直背脊，將那雙小手伸向戴著廉價鐵盔的冒險者。

「──賜予你幸運及勇氣。」

「……我從未相信過自己的運氣。」

哥布林殺手用被粗糙的護手包覆住的手，握緊礦人的那雙手。

「……不過別人給的，我會好好使用。」

「拿去用吧。」

握過這次手，兩人之間似乎就沒什麼好說的了。

礦人少女在面具店員及獨角保鑣的鞠躬下，意氣風發地離開樓閣。

哥布林殺手慢慢環視店內，然後踩著大剌剌的步伐邁步而出。

女神官在他走到自己所在的櫃檯前，絕對不會開口。

因為她才剛學過，這種場所存在複雜的流程及規矩。

自己妨礙他工作就沒意義了。

「抱歉，看來讓妳久等了。」

開口第一句話，他便明白地這麼說。

「除了情報，我還去買了些其他東西，比想像中更費時。」

「不會。」女神官露出堅強的微笑，緩緩搖頭。「我沒關係。」

「是嗎？」

他的語氣平淡、無機質又冷漠，女神官卻從中感覺到些微的變化。

——有點，不一樣？

毫不猶豫……不，他一直以來都不會猶豫。但她還是有這種感覺。

——相較之下……

自己又是如何？

來到這個國家後，她始終在迷惘，完全不認為自己哪裡做得好。

是個還很青澀，左右不分的新人，根本沒資格升級。

哪能羨慕人家呢。她的身分並不足以讓她產生這種念頭。

——她非常厭惡缺乏自信的自己。

「……怎麼了嗎？」

「咦，啊……！」

經他這麼一問，女神官發現自己緊盯著鐵盔的面罩底下，連忙擺手。

「沒、沒有，什麼事都沒有，只不過，那個……」

聲音拔尖。她嚥下唾液。剛才喝的甘甜飲料的味道，稍微傳到了喉嚨。

「……把事情都交給你辦，我覺得很不好意思……」

沒錯，到頭來——這麼一句話即可說明。

自己什麼都沒做。

這樣她不是完全沒幫上忙嗎？不就只是待在這裡而已嗎？

戰鬥時亦然。移動時亦然。遇到阻礙時亦然。像現在這樣收集情報時亦然。

在異國城市遇到賊人卻無計可施，在酒館也阻止不了爭執。

再說，假如她一開始就跟哥布林殺手共同來到這家酒館，她又能做什麼？

不是只能杵在一旁，聽他跟別人交涉嗎？

考慮到這一點，她無論何時都會深深感受到自己有多麼不成熟。

——不過。

與此同時，她的心中也浮現「能做到的事，我都有做好吧？」的疑惑。

例如時常將瑣碎的用品帶在身上——冒險者套件很重要！——交給他。

戰鬥中無時無刻都在注意周圍，使用投石索(sling)等道具支援同伴。

在冒險途中休息時照顧大家，分配水和糧食。

而且……也有整個團隊中只有自己會用的神蹟。

當然，以聖職者來說，那位蜥蜴人僧侶遠比自己優秀。

神蹟她並不算用得駕輕就熟，也有失敗的時候。然而。

——這次沒有被罵……！

「淨化(Purify)」的神蹟帶給她的痛苦回憶，以及這次成功的經驗。思及此，女神官便有點高興。

連神都認同她了——這個想法太過驕傲，因此她不斷提醒自己要自戒。

可是，同時她也覺得。

和食人鬼戰鬥、攻略水之都的地下水道、在收穫祭上跳舞、古城的討伐戰、訓練場的攻防戰。

在森人之村雖然失誤過，挑戰死之迷宮(Dungeon of the Dead)和進入雪山的時候，她也表現了一番。

雖然之前的神酒騷動，讓她深深體會到自己還有得學……

這樣扳起手指計算，自己是不是比想像中更努力？

否則也不會考慮讓她升級。

再說，不可能一個人就能把所有的事做好。

即使是勇者，即使是水之都的大主教(Archbishop)大人，都是跟團隊的同伴共同拯救世界。

——不，不。

會拿如此偉大的人跟自己比較，並非成長的證據，難道不是嗎？

聖典提到，覺得自己悟道時，代表那個人沒有悟道。此乃魔境。

結果，女神官的思緒始終在同一個地方打轉。

明知缺乏自信是自己的缺點，卻又無法肯定自己有所成長。

畢竟這是沒有正確答案的問題，這樣自己簡直跟銜尾蛇一樣。

「不。」

正因如此——她真的很高興他願意搖頭否定。

「緊急時刻能用的手牌愈多愈好。」

儘管他的語氣一如往常，有那麼一點表達得不夠清楚。

「……」

女神官像在鬧彆扭似的噘起嘴巴，卻為自己太過幼稚的行為忍俊不禁。

這麼一笑，心情自然也好了起來，她笑得更加開朗，說道：「聽好囉。」

女神官刻意豎起手指，彷彿要特地強調。

「我不認為那是在誇獎人。」

「唔……」

「到頭來，你不就是在說我只有人在這裡，什麼都沒做嗎？」

哥布林殺手聞言，在鐵盔底下低聲沉吟。

女神官帶著神清氣爽的表情將金幣放到櫃檯上，逕自離去。

她站在樓閣門口回過頭，金髮於空中飄揚。臉上浮現燦爛的笑容。

「所以——我會派上用場給你看！」

那是她在表明決心，也是某種意義上的誓言。

她決定若不達到這個目標，就算升級審查通過，她也不會接受。

而且她希望——若能在毫無根據的情況下，抬頭挺胸地說出這句話，自己會變得比較有自信。

「……」

戴著廉價鐵盔的冒險者沉默片刻，跟平常一樣簡短說道：「是嗎？」

因此，女神官也跟平常一樣回答「對呀」。

他經過自己旁邊，離開樓閣。女神官快步追上他的背影。

感覺得到面具店員正在對兩人鞠躬。

「歡迎再度光臨。」

「嗯。」

女神官有點激動地回答，轉身鞠躬回禮。

但願下次——下次就算只有她一個人，也能拿出自信，坦然地來到這裡。

希望自己能變成那樣。

像紅髮森人那樣。像魔女那樣。像大主教那樣。或者，像銀等級冒險者那樣。

「目標決定了。」

「該不會是城堡……吧？」

「不。」

女神官邊和哥布林殺手交談，邊跟在他後面穿過店門。

被打倒的蜥蜴人、密探，以及紅髮森人，都已經不在那裡。

明明沒在店裡待多久，女神官卻覺得很久沒接觸到外面的空氣。

這時，她終於想到剛才異常懷念的香氣是什麼。

——啊，原來……

即使天空不同，只有雨水的氣味到哪裡都一樣嗎。

不知為何，這件事令女神官十分高興。

間章

『波斯的公主』

Princess of Persia

公主討厭宰相。

也討厭不久前才見過面的士兵長。

但是，她當然不是所有人都討厭。

今晚極度令人不快，不宜搭乘劃破雨後空氣的沙船。

「哎呀，公主。看來您心情不太好。」

連吹過沙船甲板上的風，都蓋不掉飽含諷刺意味的黏膩聲音。

公主用倘若視線能殺人、這個人肯定已經當場斃命的銳利目光瞪回去。

「哪有人看到那種東西心情會好！」

這句話語氣粗俗，並不符合她高貴的身分。乘風而來的沙塵順手將它擄走。

宰相把手放在腰間的彎刀上，看著都城的影子嗤之以鼻，彷彿在表示不屑。

毫不掩飾地暴露在光線下的藍黑色肌膚，是他體內流有闇人（Dark Elf）血液的證據。

「哎，確實是稍顯不雅之策。那反映出了士兵長的本性……」

Goblin Slayer

He does not let anyone roll the dice.

「虧你有臉講出這種話……」公主緊咬下脣。「若父親還在世，絕對不會允許這種事發生。」

「是啊，他的死著實令人惋惜。」

宰相的語氣聽不出惋惜之情，緩緩搖頭。

「我也十分心痛。他的部下裡頭，居然有那種染指邪法之人。」

這次——他說的似乎是事實。

宰相憂鬱地皺眉，看起來心情的確不好。

就公主來看，他目擊那一幕時也是同樣的表情。

然而，若他在那個情況下還有辦法面露喜色，也只能說他的本性跟小鬼同等級吧。

「那個人根本不曉得自己在做什麼。不過，他肯定覺得自己的思緒很正常。」

「結論就是，不知道自己在做什麼的士兵長和允許這種事發生的你，都跟小鬼一樣。」

正因如此，公主吐出的強烈諷刺，似乎深深傷到了宰相的尊嚴。

他瞪大眼睛，眼中燃起熊熊火焰，像要抓住她似的逼近公主。

「——您以為光憑秩序就能治理國家嗎？」

「就是因為只在乎秩序，國家才會滅亡。」

公主卻壓抑住瞬間的畏懼，將空氣吸滿豐滿的胸膛，一口氣回答。

「不過只肯與混沌聯手之人，肯定也會有同樣的下場。」

「您講得像是親眼見證過。」

「是啊。你知道自己現在看起來是什麼德行嗎？」

膚淺、狡猾、愚蠢又傲慢——無藥可救。

「你沒有智慧，也沒有勇氣。在你手中的，只有骯髒傲慢的力量。」

公主悄悄吐氣，控制住正在打顫的雙腿，堅定地凝視前方。

雖說宰相不打算立刻取她性命，她仍隨時都在與恐怖為伍。

他篡奪了王位。若沒辦法讓公主承認他是正當的繼承人，民眾八成會群起反抗。

儘管可以靠蠻力制伏，但他並不想多費工夫……

因此宰相才讓公主目睹那個畫面，想打擊她的內心，可惜一切都是徒勞。

現在的她，還有那麼一小塊可以繼續立足的容身之處。

她利用自己豢養的老鼠提出委託，設法讓擔任侍女的兩位朋友成功逃出王宮。

她們一定會帶救兵來。為這個國家驅散黑暗的救兵。一定。

「噢，對了。」

宰相忽然像想起什麼般開口，看都不看她一眼。

「若殿下在擔心朋友，我得告訴您那沒有意義。」

「……！」

「您應該也明白我國的士兵有多麼優秀，很快就會為殿下獻上她們的人頭。」

公主開口想說些什麼，這次卻說不出話。

「時間所剩無幾，請您仔細考慮。」

宰相沒有再多說什麼，彷彿對公主失去了興趣。

公主勉強撐住差點跌坐在地上的雙腿，回想起與自身性命相連結的魔法沙漏。

沙子落盡時——公主的生命及靈魂都會被奪走，永遠被妖靈（Jinn）玩弄於股掌之間吧。

宰相肯定覺得這樣也無妨。

不知是因為覺得操縱沒有自我的人偶太費力，還是闇人的殘虐個性使然……

他給自己時間考慮的理由，公主只想得到這些。

即使雙手未施枷鎖，即使雙腳沒被鎖鏈束縛住，如今的她依然是別人手中的俘虜。

而一旦回到城內，她肯定連房間都踏不出去。

不過——這不代表她連言行舉止都必須表現得像個俘虜。

——別低頭俯瞰泥巴，至少抬頭仰望星空吧。

就算天空依然籠罩著厚重的黑雲。

第5章

『沙塵之國的小鬼殺手』

「走了嗎？」

「好像。」

聽見妖精弓手的回答，哥布林殺手從岩棚上坐起身。

歷經久違的降雨，溼潤的岩石與沙子變得冰冷刺骨。

何況天黑了。今晚肯定會很冷。

不過空氣再怎麼清澈，想看清在遠方行駛的沙船依然不簡單。

換成白天，就算用上先前取得的皮帶及水晶做成的望遠鏡，哥布林也做不到。

以上級森人的視力來說卻毫無難度。

看起來絲毫沒有壓力，正在搖動長耳的她，肯定沒有察覺到這個事實。

哥布林們混在驟雨中，在滾滾沙塵裡往西方前進。

水從坎井流出地表，形成澄澈如鏡面的河川，只要沿著它逆行就不會迷路。

團隊抵達的地方——看得見佇立於夜霧另一側的紅黑色城堡的影子。

這棟氣勢磅礴的建築物，蓋在河邊的陡峭岩盤上。

若非處於現在這種狀況下，想必十分壯麗，此刻卻只會讓人感到毛骨悚然。

「這一帶是岩漠，不用急也找得到地方藏身。」

沙船駛過後，眾人鬆了口氣。礦人道士將剩不多的火酒含入口中品嘗：

「不過啊，我雖然不瞭解沙船，那艘船真是豪華到像王族坐的哩。」

「意即，貧僧等人掌握的情報果然無誤。」

蜥蜴僧侶縮在岩石後方，伸長巨大的身軀站起來。

「我等聽說的是，宰相先生對那座城塞異常執著，購入了大量的奴隸。」

似乎是這樣。他喃喃說道，叼在口中的水袋重得不像裡面裝的是液體。

這是自然，因為裡頭裝滿用水牛奶製作的黏稠起司。

蜥蜴僧侶將起司從袋中擠出，倒進喉嚨，咂嘴讚嘆「甘露，甘露」。

他一面享用起司，一面轉動眼珠子，瞄向女商人。

女商人把手放在腰間的輕銀劍上，蹲低身體，大概是有話想說。

「那麼，商人小姐打聽到的情報是？」

「……就我所知。」

被點名的女商人眨了下眼，語氣聽起來有點高興。

「搬進城裡的物資、武器、軍糧、奴隸，數量都增加了。只不過……」

「只不過？」

「我連在國都都沒打聽到他們著手增兵的消息。」

女商人面色凝重說出的這句話，令全員陷入沉默。

有很多種可能性。例如他們徵召的並非士兵，而是戰奴。

倘若只是要聚集一大群人，拿槍衝鋒陷陣，戰奴和徵來的平民差別不會太大。

但事情想必不會那麼簡單——女神官有股強烈的預感。

面對那座紅黑色要塞，她的後頸便開始隱隱作痛。

那是啟示，抑或只是某種強迫觀念，連女神官自己都不清楚。

然而……

「……感覺像在裡面增殖。」

帶著水氣，混雜沙粒的風，擄走她的呢喃。

「對。」哥布林殺手點頭。「嗯，我大概猜得到。」

他們判斷的依據，不只是在國都分成三隊收集到的情報。

踏進這個國家後獲得的線索，統統指向那座要塞。

扮成山賊的士兵。疑似與那群士兵聯手的小鬼群。

馴服能當成坐騎用的惡魔犬，裝備齊全，數量也很多。是大規模的勢力。

然而，死亡籠罩著沙漠。

沙塵暴、沙海鷂魚、陽光。沒有水，也沒有糧食。

而蟲人們也不會放過小鬼。

事實上，透過從蟲人手中接過的——十分精細的——地圖即可判斷。

這附近沒有地點能供如此大規模的小鬼潛伏。

不是單純的盜賊或混沌勢力。不懂克制、無法忍耐的哥布林就更不用說了。

那麼——那些傢伙的**巢穴**會在哪？

「所以貧僧等人的目的——即為查明位在這座要塞某處的小鬼之謎。」

「不管怎樣，目前無法斷定。非得先潛入其中。」

哥布林殺手回答蜥蜴僧侶，從雜物袋中取出捲起來的莎草紙。

妖精弓手好奇地從旁邊伸出頭窺探。

「那是什麼？」

「平面圖。」

他粗略看了一眼，無視森人「啊——！」的驚呼聲，撕爛平面圖。

碎成好幾片的紙屑，轉眼間被風帶走，飛往沙漠的盡頭。

「喂，我還在看耶！」

「契約內容是不讓別人看見，看完就立刻撕毀。」

他都這樣說了，妖精弓手也無法反駁，只是不滿地哼了一聲。

然而，下一刻她便豎起長耳，用力挺起平坦的胸部。

「沒關係！因為我已經在剛才那瞬間記得差不多了。」

「是嗎？」

但哥布林殺手當然沒什麼反應，妖精弓手不悅地鼓起臉頰。

女神官苦笑著「好了好了」安撫她。

這樣的對話也已經徹底習慣了——女神官忽然心想。

一開始的剿滅小鬼之旅自不用說，之後她也每次都會因為礦人道士和妖精弓手在鬥嘴，慌張得不知所措。

——不過，不會緊張是一件好事吧。

緊張會導致身體僵硬，無法立即下達判斷。女神官「嗯」點了下頭。

「可是，要怎麼進去？從正面嗎？」

「有我的通行證，應該就能以商人的身分通過……」

女商人神情嚴肅，回答女神官的問題。

她皺起好看的眉毛，將大拇指抵在唇上，彷彿在咬指甲。

蜥蜴僧侶代替陷入沉思的女商人接著說：

「貧僧不認為他們會讓外人見識堡壘內部。更遑論敵國之人。」

問題就在這裡。跟單純殺進哥布林的巢穴不同，是棘手的巢穴。

哥布林殺手沉默不語，思考了一瞬間，轉頭面向蜥蜴僧侶：

「你怎麼看？」

「英雄傳說裡，也有假扮成被敵軍追殺、因而負傷的友軍……這個手法。」

「這樣就進得去嗎？」

「據說是成功了。」

蜥蜴僧侶回答哥布林殺手的疑惑。

「設計出讓人無暇他顧的狀況，假裝自己拚命試圖為友軍帶回重要的情報。」

「總而言之，不管是裝成客人還是傷兵，想進到天守閣(Keep)都不容易唄。」

「然也，然也。何況貧僧等人並非為天守閣而來……」

礦人道士捻著鬍鬚插嘴，蜥蜴僧侶同樣極其嚴肅地回應。

在討論這類型問題時，他們需要的是計策，是想法，是手牌的數量。

蜥蜴僧侶很明白，眾人一同絞盡腦汁時，潑人冷水是最不該有的行為。

「偷偷潛入，如何。」

哥布林殺手低聲沉吟後，簡短說道。

「前提是有辦法潛入。」

「哎，應該是個好主意……無奈貧僧等人不清楚其中的警備有多麼森嚴。」

蜥蜴僧侶轉動眼珠子，用尾巴拍打地面，揚起沙塵。

「無論如何，驟雨實乃天賜良機。」

女神官抬頭望向陰暗的天空。不久前沙漠下的那陣雨，簡直跟沒發生過一樣。

「嗯，真的……」

只要躲在雨水的簾幕中，想靠近到哪裡都會變容易。

「而且哥布林應該不會工作得那麼認真……」

女神官態度拘謹，卻比平常更加主動地發表意見。

沒錯，換成哥布林的巢穴就簡單了。

但目標是城堡……要塞？在她心中沒什麼差別。

至今以來，他們挑戰過好幾次那樣的場所……

——……放火？

不不不。女神官搖搖頭，將思緒拉回正軌。

或許有人被關在城堡裡，在不確定的情況下，不能用這招。

「裡面的士兵不曉得怎麼樣了……？」

「我們在穿越國境時遇到的那些人，幾乎就是盜賊或山賊啦。」

妖精弓手沒有察覺到女神官的意圖，甩手說道。

那些士兵感覺起來實在稱不上勤勉，不過因為這樣就斷定所有士兵都不認真，未免言之過早。

雖說見微知著，但只要有一隻白色的烏鴉，便代表烏鴉並非全是黑色。

「我看看……」

陷入沉思的礦人道士停止把玩酒壺，忽然面向妖精弓手。

看見他臉上帶著不懷好意的奸笑，妖精弓手立刻長耳倒豎：

「不要又叫人裝成奴隸混進去喔，歐爾克博格！我死都不要！」

她豎起美麗的手指，站起身。

然後氣勢洶洶地宣言，彷彿要保護女商人及女神官，即使是礦人道士，也只能聳聳肩膀。

「不，那個，有需要的話，我不介意……」

「……我也是……」

「不行！」

兩位少女提心吊膽地開口，上森人一口駁回。

「雖說有時候要不擇手段，靠自己選擇的手段獲勝不是更好嗎！」

再說如果我們什麼要求都答應，歐爾克博格不會手下留情的。

「是沒錯……」

女神官完全明白她的心情，只能支吾其辭。

然而，當其他人像這樣提出要求時，哥布林殺手總會回答「是嗎」。

他不覺得妥善處理隊員的要求有什麼困難，正因如此，大家才會選他當頭目。

雖然團隊裡沒有地位高低——能夠顧及所有人再下達決定，是重要的天分。

只會贊同、稱讚、盲從頭目的團隊，不可能活得了太久。

「——我有計策。」

因此，當他一如往常，跟眾人所期待的一樣如此斷言時，冒險者們立刻側耳傾聽。

那頂廉價鐵盔面向的——……

「……？」

是納悶地歪過頭的女商人。

背後是她贖來載團隊成員跟行李的……長瘤的驢馬群。

§

「開——門——！」

清澈嘹亮的吶喊聲，令在城門內側打盹的士兵嚇得站起來。

八成是因為突如其來的陣雨實在罕見，他在看得入迷的期間睡著了。

——不行不行，被抓到就慘了。

搞不好會被革職。不，如果革職就能解決倒還算好……

士兵急忙撿起長槍，從設置在要塞牆上的垛孔往外窺探。

他看向架在門前的棧橋上，士兵還以為自己會停止呼吸。

站在那裡的是身穿從未見過的異國服裝、英氣凜然的美麗少女。

少女帶著幾頭駱駝，閃亮的銀劍配在於腰間，彷彿是從故事書裡跑出來的人物。

「聽不見嗎！開門！」

清澈的聲音再度響起，對城內喊話。

士兵驚慌失措，不服輸地用氣勢遠遠不足對方的聲音大喊：

「妳、妳是什麼人！」

「問我是什麼人!?多麼無禮的用詞！」

刺入耳中的回應，遠比上司的斥責更加銳利。

少女展開雙臂，表現出不敢置信的態度，高高舉起手中的通行證。

「我是從鄰國前來洽商的，也得到了視察的許可。莫非你不知情？」

士兵在黑暗中定睛凝視，想要看清通行證，在那之前，少女便將通行證收了回去。

他的視線落在撐起作工精細的衣物的胸部上，嚥下一口唾液。

「怎麼了？什麼狀況？」

這時，上司的聲音忽然從背後傳來，導致他繃緊身子。

不過仔細一想，剛才還那麼令他反感的上司，如今卻變得十分可靠。

「那個，呃……」

士兵維持著順從的態度，決定將責任全推到他身上。

「有位異國商人說是來這邊談生意跟視察的……請您下達指示！」

「什麼？」

對身為上司的隊長來說，可謂出乎意料的消息。

——真是，怎麼一堆麻煩！

部下愚蠢，職階在他之上的士兵長又總是一時興起就自作主張。

一下更換部隊配置，一下更換寢室，一下更換巡邏路線，這次又突然找客人來。

統統令人生厭。要是沒有一點好處可以撈——以此為名的竊盜行為——誰幹得下去。

他推開士兵，透過孔洞看出去，美麗的少女令他腦中閃過近似遷怒的想法。

只要認真工作，上司應該就不會有意見，既然如此，認真把工作做好就對了。

除此之外的問題不關他的事。

若能讓這個一臉神氣的少女和可恨的士兵長感到困擾，豈不是能一吐這口怨氣嗎？

「不知道。我沒聽說……只能叫她等我們確認完畢了。」

「我聽見了！」

然而，那位千金似乎輕易看穿了他膚淺的想法。

嚴厲的喝斥後，緊接而來的是從孔洞間射進來的銳利聲音：

「你以為一句『沒聽說』就能打發掉我嗎！這可是責任歸屬問題。你叫什麼名字？」

「咦，喔、喔，什麼……？」

「若我因你怠忽職守，沒接獲通知的緣故便被迫在這邊空等，勢必得跟上頭報告。」

少女無視不知所措的隊長，語氣瞬間轉為平靜。

儼然是場暴風雨。然而，她的怒火不可能跟暴風雨一樣終將平息。

「看是要向上司詢問，還是要加派快馬回國都確認，隨你便。」

——採取行動前，你應該做好會丟掉工作的覺悟了吧？

少女在夜幕另一側露出淺笑的表情，隊長看得一清二楚。

他緊張得吞了口口水。

無論之後發生什麼事，那名少女，以及這名士兵，八成都會把隊長推出來扛責任。

——嘖，該死……！

隊長在內心大肆詛咒眾神及風及骰子。

然而，再怎麼詛咒狀況都不會好轉。

是否要開門？但可以確定的是，讓這女孩等愈久，她的心情會愈差。

無從確認。隊長咬緊牙關。

「好了，快點決定吧。」

少女不耐煩地用穿在修長雙腿上的長靴鞋尖敲擊地面。

仔細一看，一名魁梧的男子披著外套，站在少女身旁。

獸人——不。看那從頭巾一角露出的長嘴，無疑是蜥蜴人(Lizardman)。

她並非獨自行動。這是正常的，若她只有一個人，總會有辦法應付。

他討厭麻煩事，討厭浪費時間，也不想被人推卸責任到自己身上。更重要的是——

——如果丟工作就能了事還算好，我可不想被送進**那裡**！

此刻的他，腦中只想著如何保全自己，吶喊道：

「開門！」

「是，開門——！」

部下欣喜地大叫，轉動滑輪拉起兩層閘門。

——算了，管他的！

要是真有個萬一就直接逃亡——隊長下定決心，吐出一口氣。

§

「辛苦了。」

女商人牽著好幾頭駱駝穿過城門，笑容可掬地說。

迎接她進城的衛兵隊長則面色僵硬，看起來十分不悅。

因此，女商人偷偷把金幣塞進他手中。這點小事她早已習慣。

隊長瞬間驚訝地眨眨眼，接著立刻笑瞇了眼。

人類的動力主要來自情緒，有時會再加上利益得失。

被迫在無利可圖之地久待的人，多半累積了不少怨氣……

——……這是所謂的經驗法則吧。

苦澀不堪的滋味在舌根擴散，身為貴族，她受過的教育是不能把情緒表現在臉上。

換成更靠近國都的地方——或是有**正當**機密的場所，就不會那麼好侵入了。

或者，如果染上更濃烈的混沌色彩，這裡反而會更有秩序吧。

還有辦法從上位者的暴政下逃離。因此，他們才會這麼天真。

——不過……

就算是女商人，之所以能制定出這樣的計畫，也是因為她會在宮廷出入。

若她過去只有以冒險者的身分行動，肯定不會這麼順利。

「呃、呃，那麼，我先帶妳到房間……」

「啊，沒關係，不必了。」

隊長戰戰兢兢地提議，女商人直接否決。

「我剛才也說過，我是來視察的，光待在房間看不出值不值得我們出資。」

然後揚起嘴角微笑。表現出「我很堅持，雖然是你們的同伴，但我可不好搞定」的態度。

而且——抬頭一看，跟在身後的是魁梧的蜥蜴人。

……不對，是灌注相應的祈禱製造出的龍牙兵（Dragon Tooth Warrior）。

全身上下被外套遮住，攜帶武器的模樣，乍看之下是個強悍的傭兵。

小時候聽過的睡前故事中，龍牙兵總是做為邪惡魔術師的僕從被人擊碎，不過。

——感覺起來挺可靠的，真是不可思議的孩子。

要她自己一個人辦這麼一樁**大事**，她肯定會因為過於不安而做不到。得繃緊神經，避免手和聲音顫抖才行。

「所以，可以請你帶我到兵舍看看嗎？寢具、衣服、餐點，士兵們的要求應該很多吧？」

「喔喔……但那個地方挺髒亂的……」

「我帶了**茶**和點心給各位士兵當見面禮。」

女商人對駱駝背上的貨物使了個意味深長的眼色。

光這麼一個動作，對方就會自以為是地認為那是自己想要的東西。

「咦，啊，那、那還真是……謝謝了？」

「那麼，我得先找地方安置這幾隻長瘤的驢馬。要牽到倉庫嗎？還是圍欄裡？」

在這邊嗎？女商人邊問邊用那雙長腿逕自邁步而出。

看來這位是異國的貴人。而且還願意出錢給要塞。改善狀況。還帶了茶跟點心來？

對她不敬後隨之而來的恐怖，以及她提供的利益，輕而易舉打亂隊長腦中的天秤。

他急忙追上去，看到部下的反應，效果一目了然。

常聽見「糖果與鞭子兼施」一詞，其實很簡單。

——講一堆話不給對方回嘴的機會，逼對方當場做出重要的決定……

這不是詐欺的常用手段嗎？

「所以不好意思，麻煩再陪我一下囉？」

女商人露出豔麗的微笑，對可憐的士兵們說。

§

士兵們急忙四處奔走，以接待女商人。

同一時間，河川如大海般拍打在做為城堡根基的岩盤上，水面出現幾圈漣漪。

河水由於驟雨的影響轉為混濁的褐色，到了晚上更是深沉如墨。

有一隻手悄悄伸出來攀住岩盤，當然無人知曉。

然而，從水裡現身的是美麗的森人少女。既然如此，就算有人看見，也不會把這當成現實。

何況她還在水面上一蹬，輕輕跳上岩盤，就更不用說了。

「……沒問題。感覺不到其他氣息。」妖精弓手抖動長耳。「上來吧。」

然後，冒險者們伴隨陣陣水聲，接連浮上水面。

他們明明潛在水裡，身上卻一滴水都沒有，也沒有喘不過氣的跡象。

哥布林殺手抓住妖精弓手伸出的手，接著是礦人道士、女神官。

最後，蜥蜴僧侶製造出特別大的波浪，說了聲「失禮」用鉤爪抓住岩石。

他們手上都一樣，戴著散發超自然光芒的戒指。

「哎呀，沒想到會在沙漠裡潛水。」

礦人道士抖動身軀，宛如一隻巨大的野獸，慢慢在岩棚上縮起身體。

再說一次，有「呼吸」的力量雖然可以讓身體避免弄溼，但那是心情上的問題。

「果然該買個這種道具嗎……」

女神官則陷入沉思。儘管她不覺得自己對金錢有多堅持……

——要以優秀的冒險者為目標，果然該……

準備一、兩個魔法道具嗎？等到她升上第七階——藍寶石的時候。

「話先說在前頭，這個怪人的裝備不能拿來參考喔。」

「咦。」

思考時被妖精弓手叮嚀，女神官反射性發出錯愕的聲音。

仔細一看，妖精弓手板著臉，表現出覺得她無藥可救的態度，這讓女神官有點不滿。

因為實際上，這個戒指確實挺有用的。

「不能拿來參考喔。」上森人再次強調，詢問哥布林殺手：「所以，要怎麼做？」

「潛入。」

「就說了，要從哪裡潛入？」

哥布林殺手一副早已決定的樣子，妖精弓手的眼角及長耳立刻倒豎。

他在鐵盔底下低聲沉吟，在黑暗中摸索，沿著岩盤移動。

「起初我還考慮從廁所的洞潛入。」

「噁。」

妖精弓手彷彿想表示「饒了我吧」。

或許是看見鑲在要塞上方凸出來的部分中的木板了。

「萬一洞太小卡在途中，未免太愚蠢了。」

「哎，嚙切丸啊。長耳丫頭不會卡住啦。畢竟她是個鐵砧。」

礦人道士喉間發出「呵呵呵」的竊笑聲。

妖精弓手不滿地「唔」了聲，女神官也低頭望向自己缺乏起伏的身體，面紅耳赤。

「喂礦人！怎麼想都是你那個大得跟水桶一樣的肚子會卡住吧！」

「而且廁所或許會出現專吃排泄物的魔物。」

礦人道士對她的抗議置之不理，奸笑著仰望妖精弓手。

「小心別把門板掀起來啊，長耳朵的。裡頭搞不好有食屍大長蟲。」

「礦人踩在門板上才會把門踩爛吧。」

哼。妖精弓手裝模作樣地哼氣，然後就再也沒有反駁，一語不發。

女神官看不見他在找什麼，但其他人似乎看得清清楚楚。

「這裡。」

哥布林殺手用皮護手抓住嵌在岩盤裡的格子門。

女神官小心地探出身子窺探，以免從岩石上滑落，簡直像牢獄的鐵欄。

還特地加裝鎖頭及鉸鏈，由此可見，裝格子門的時候不是打算完全固定住，而是要做成可開關的構造。

然而令人在意的是，鎖頭上沒有鎖孔——正確地說是外側沒有鎖孔。

「這個……不是通用出入口吧……出去了外面又是河。」

「雖不中亦不遠矣。稱之為通用出入口也未嘗不可……」

蜥蜴僧侶愉悅地咕噥道，眼珠子轉了圈。他吐出舌頭，用鉤爪勾住鎖頭。

「哎，無論如何，貧僧認為這會兒該輪到獵兵小姐表現了。」

「好好好……這不是我的本職就是了。讓開。」

妖精弓手立刻上前，推開同伴，身體鑽進縫隙間。

細長的手臂從格子門的縫隙間伸進內側，手腕彎曲，將跟針一樣細的小樹枝插進鎖孔。

「啊啊，討厭，好麻煩喔……」

「別抱怨。」礦人道士斥責口吐怨言的她。

「哎呀，打不開的話直接破壞就行。放輕鬆，放輕鬆。」

「我才想叫你別講得那麼輕鬆。」

妖精弓手做出不符合森人形象的動作，鼓起臉頰，不久後點頭說道：

「好，打開了。走吧。」

她在空中抓住喀嚓一聲掉下來的鎖頭，意氣風發地推開格子門。

往門後踏進一步，裡面是類似昏暗洞窟的場所。

地面雖然勉強裁切得像石板一樣，顯然是硬在岩層中鑿出來的空間。

到處都有凹凸不平的粗糙巨石凸出來，礦人道士不屑地哼了聲。

彷彿在說交給礦人的話，想必能蓋出一間更美麗的石室。

「哎，以凡人的技術來說很不錯了。我承認他們的努力——」

「嗯……」

率先進入其中的妖精弓手皺眉呻吟，打斷他的話。

洞窟裡跟吹著清爽微風的河邊截然不同，瀰漫一股腐臭味。

活生生爛掉的人肉、汗水、穢物混雜在一起的味道，也可以說是屍臭。

「——牢獄果然不會是多舒服的地方啊。」

鏗鏘一聲，女神官發現自己的腳碰到的重物，是鐵鍊及枷鎖。

她急忙想跳開來，但四面八方都有凸出的岩石。

兩眼尚未習慣黑暗，因此女神官現在只能縮起身子，杵在原地。

「而且還只有一條路。也是啦。」

「嗯。」

哥布林殺手簡短應了聲，用打火石點燃從雜物袋取出的火把。

橙色火炎照亮的，確實是設置在石洞中的牢獄。

各處的石頭都深深嵌入樁子，鐵鍊繫在上頭。

然而，女神官最注意的是設置在相當高的地方，類似架子的空間。

從牢獄爬上用石頭鑿出來的樓梯，正好位於樓梯口的部分。

然而，再上去沒有道路，釘在石頭裡的木製梁柱擋住了去路。

從下方可以直接看見的那根梁柱上，掛著粗麻繩……

「啊。」女神官想到了可能性，驚呼出聲。「把俘虜的脖子吊在那邊，從格子門……!?」

將屍體扔掉。

她不敢講出這句話，瞬間語塞。

「各處的城堡多半都是如此。更遑論蓋在河或湖旁邊的。」

蜥蜴僧侶開口安慰她，雙手以奇怪的姿勢合掌。

接著，女神官也困惑地合掌，念出簡短的禱詞。

就蜥蜴僧侶看來，遺體被水沖走、被魚吃掉，大概是正常的祭弔方式。

女神官雖然不太能接受，兩人在此處為鎮魂而祈禱的心情都是一樣的。

兩位聖職者各自依循自身的信仰，祈禱亡者能夠安息，哥布林殺手則著手調查地面。

便盆、餐具都完全乾掉了，不是要餓死囚犯，而是沒有使用痕跡。

「看來有段時間沒關人進來。」

「嗯，現在裡面也沒人。」

哥布林殺手咕噥道，妖精弓手興致缺缺地回答。

「凡人真殘酷。明明連一百年都活不到，還要把人扔進牢裡關好幾年。」

「所以才叫懲罰。」他在鐵盔底下低聲說道，搖頭。

「也就是說，這裡發生過的事不算懲罰，是處刑。」

不管怎樣，沒有囚犯如同他的預料。既然如此，也不會有守衛。

此時此刻，女商人應該在巧妙地集合這裡的士兵。然而時間有限。

哥布林殺手站在隔開牢房與城內的厚重鐵門前說。

「怎麼樣。」

經他催促，妖精弓手稍微調查了一下，用極其優雅、美麗如畫的動作咂舌。

「不行，就算打得開，也得花不少時間。」

我想也是。哥布林殺手點頭，用皮護手輕輕滑過門與牆壁的接合處。

「那麼，鉸鏈如何？」

「難不倒礦人。」礦人道士在手掌吐了口口水抹開。「等我一下。」

拆掉門所需的那「一下」，只有短短兩分鐘左右。

探索迷宮或遺跡時，不能每遇到一扇門就拆一次，但現在的情況不同。

凡事都一樣，任何行為是否有利，要看時間、場合、狀況而定。

既然這次比起開鎖，直接拆掉門更好，冒險者們自然不會猶豫。

「……」

可是，鐵門拆除後，前方空出了通往黑暗的入口。

不知為何，女神官不禁想到小鬼的巢穴。

§

「哎呀。又一個人不行了嗎？」

又一個值勤室的士兵無力地倒在地上，失去意識。

女商人看著這一幕喃喃自語，感覺到臉頰滑過一道冷汗。

——失態了。

她如此心想。

尤其坐在對面的士兵正在狠狠瞪視自己，就更不用說了。

「……怎麼了？輪到你囉。」

「……！我知道……！」

士兵擺著一張苦瓜臉，握緊刺在桌上的短劍。

然後張開手掌放在桌面上，做了個深呼吸。

「沙漏的沙掉完前，二十次。」

「行。」

「好！……喔、喔……！」

下一刻，他便用那把刀快速在手指間來回突刺。

一有失誤搞不好會切斷手指，但他不能猶豫。猶豫就代表敗北。

因為拿刀刺的次數及速度，是這場賭注——刀穿指的要點。

至少比在五把玩具短刀中混入一把真刀互刺的城塞都市風輪盤安全一些……

——真的太失態了。

女商人深深這麼覺得，費盡心思讓後悔與緊張不要表現在臉上。

來到這座要塞後，她只有一次露出那樣的表情。

不是在衛兵們的值勤室，拿茶和點心招待他們的時候。

也不是平常就生活在高壓環境下的士兵爭先恐後地聚集過來，叫他們排好隊的時候。

而是一名士兵基於開玩笑的心態伸手碰她的身體時，就那麼一次。

她「嗚!?」發出像個小女孩似的驚呼聲，反射性拍掉對方的手的時候。

她心想「糟糕了」，然而為時已晚。明顯表露出嫌惡的聲音，誰聽了都會不高興。

享用平常吃不到的甜食，被美麗的——這可不是在自誇——異國女性服侍，心情好得不得了。

這樣的氣氛產生驟變，充滿疑心的視線刺在女商人身上。

這時下意識往後縮了一步，八成也不是正確的行為。不過……

——誰叫我把那個人看成了哥布林。

她覺得自己瞬間聽見暴風雪的呼嘯聲。

自己是不是依然停留在那一晚？

遇見朋友、之後的冒險、直至今日的旅程，全是符合自己希望的妄想。

自己是不是仍被困在雪中……

「————」

這時，她感覺到身後的龍牙兵動了。

不知不覺呼吸變得急促的女商人，往後瞥了一眼。

用外套及頭巾遮住的長顎骸骨，當然不可能有表情。

也沒有自我意識，僅僅是遵循主人的命令，保護這位少女的骨偶。

握在手中的也是她在街上買來、大量生產的粗糙鐵劍。

然而，有人保護自己是**當時**不可能發生的事。

既然受到大家的幫助，可不能一直躲在他們背後讓人保護。

她做了個深呼吸。

「我沒事。」

女商人堅強地微笑，輕聲制止龍牙兵。

「……紳士一點吧。」

語畢，她脫掉外衣。看得出上衣貼在汗水淋漓的肌膚上。

不曉得是基於困惑還是期待，士兵們擅自騷動起來，她無視那群人，右手從腰間拔出輕銀短劍。

然後將張開來的手掌放在桌上，露出花朵般的微笑，大膽宣言：

「要不要玩刀穿指？各位身經百戰的男士，總不會喊怕吧？」

她將金幣銀幣堆到桌上，接著就演變成現在這個狀況。

在興奮及醉意的驅使下，他們二話不說，加入這場危險的遊戲。

緊張的賭局。每當雙方輪流刺下刀刃，旁邊的士兵都會嚥下一口唾液。

有人因為受不了緊繃的情緒，選擇退出遊戲，好幾個人喊著「讓開，下一個換我！」推開他。

然而，他們的動作愈來愈不穩。

有人刀刃擦過指尖。有人不小心刺到手臂。鐵鏽味從傷口飄出。

在遊戲過程中，士兵們一個個疲憊地倒下。

眼前的對手，不曉得有沒有發現剩下的人所剩無幾這個異狀。

希望他不要發現——必須表現得不能被對方發現。

因為她的衣服染上的香氣，只有擾亂思緒、誘發醉意的效果。

加進食物裡會被發現的藥物，只要做成異國少女噴的香水，就不會被察覺。

更何況——為絕無僅有的娛樂及欲望興奮、瘋狂的人，藥效擴散的速度也會加快。

「好了小姐，接下來換妳！」

「好的……你是二十次對吧。」

女商人撫摸戒指內側的刺，刺激手指，好讓意識清醒過來，一面輕聲說道。

接著從錢包裡抓出一把金幣扔到桌上，翻轉沙漏宣言道：

「那麼，我就三十次。」

「唔……！」

這個叫刀穿指的遊戲——沒有必勝法。

硬要說的話，只有冷靜、專注、準確這三個注意事項。

這樣一來——滿心焦慮的對手只會擔心切斷自己的手指，或是被緊張壓垮。

——沒錯，這點小事算什麼。

就算要對手指揮刀，和後頸的烙印比起來，簡直不痛不癢。

「開始。」

女商人伸出鮮紅舌頭舔拭薔薇色的嘴唇，用力刺下短劍。

「唉……這條路根本沒蓋好嘛。」

礦人道士像要走過斷崖般，用那短小的四肢攀上固定在岩石中的木臺。

在岩層裡挖出的地下道，說是洞窟都不為過，有好幾個天然的龜裂處。

既然如此，這一帶沒有衛兵也很正常——大概。

雖說她的手腳比礦人還要長，這條路連女神官走起來都十分費力。

就算有足夠的體力，要全副武裝的衛兵每天都來這裡巡視，實在……

「話說、回來……」她設法調整呼吸。「這個地方，好像……沒有考慮到會有人通過。」

到底是第幾個了？她躍向上方的踏臺抓住它，拚命撐起身體。

女神官累得忍不住嘆氣，沒有人責備她。

該說不幸中的大幸嗎，充斥地底的空氣非常冷，不會熱。

要是裡面籠罩著像白天的沙漠那樣的熱氣，肯定無法繼續探索。

「或者是刻意設計成讓人無法通過的構造……」

相對的，蜥蜴僧侶看起來並未消耗多少體力。

身材魁梧，力氣又大，手上還有鉤爪，腳也長著趾爪。

瞧那俐落地抓住踏臺，不斷往上爬的模樣，說他是壁虎之類的生物都不奇怪。

「刻意？」

「然也。」

蜥蜴僧侶點頭回答女神官，用鉤爪輕輕搔動自己的長顎。

「八成是想封印在這裡。將不想看見也不想碰觸到的某種存在，封印於地下。」

「不管怎樣都很麻煩。」

妖精弓手抱怨道。雖然她明顯表現出不悅，動作卻輕盈無比。

噠。她有如打水漂用的石頭，輕快地衝上木製踏臺，扠著腰扭動身子。

「我快要連現在在哪裡都分不清楚了。」

妖精弓手鬱悶地搖動長耳，板起臉。

「在地下很容易混亂耶——遠方還傳來聽起來像報喪女妖（Banshee）的聲音。」

女神官踏入地下時，也有注意到這件事。

大概是吹進洞穴的風通過岩石縫隙間演奏出的音色。

聽起來也像臨死前的慘叫……

——風吹過死者的骸骨時，肯定會發出這種聲音……

無意義的想像浮現腦海，女神官搖頭將其驅散。

「還是要專心。」

不同於妖精弓手的俐落，哥布林殺手紮實地做好每一個動作。

他在團隊中是裝備最重的，熟練的動作卻展現出身為斥候(Scout)的技術。

頂多只有極度不幸——或是被妖精弓手踢下去的時候，他才有可能摔落。

他避開眼前伸直的修長雙腿，將身體撐到踏臺上。

「有陷阱。」

「知道啦。」

妖精弓手神情自若地回答，視線前方的洞窟已化為迷宮。

從剛剛開始就到處都看得見——或者說是愈往上方愈多？——人工的區域。

由石材構成的牆壁、鋪了鋪路石的地板。然而，那裡散發出一股異樣感。

有的鋪路石微微凸出，也有幾塊地板走路時會喀喀搖晃。

「讓我瞧瞧。」

「不必啦。」妖精弓手謹慎地回答。「比起拆除，直接閃掉更快。」

她輕輕將腳尖放到石板路上，地板立刻射出銳利的光。

利用好幾根銀色的銳利長刺，將衝進走道的魯莽之人貫穿的死亡陷阱。

若有人什麼都沒注意就直接衝進來、跳進來，等待他們的只有慘烈的死法。

妖精弓手憑藉她上森人的敏捷度，靜靜從利刺的縫隙間通過。

「……嘿咻。」過沒多久，她輕聲稱快。「好了。慢慢過來吧。」

之後只要相信她的指示，按照同樣路線穿過利刺即可。

而團隊裡沒有半個人懷疑妖精弓手。

不信賴同伴，又如何能夠冒險？就算走錯了路，那也不是她的問題。

若斥候失敗了，讓對方擔任斥候的人也有過失。

斥候負責打開寶箱，前鋒該做的就是對付怪物。

這段期間無法念咒，只能呆站在原地的施法者，遇到緊急狀況的話也有工作要做。

既然如此，在優秀的冒險者團隊中，職務不可能有上下之分。

整個團隊是命運共同體。

「……感覺會把衣服勾破。」

不過，穿著神官服很難通過這類型的陷阱。

雖說只要拖著步伐走就行，萬一衣服勾到，不小心跌倒，等同於主動撲向陷阱。

看到她面色緊繃，小心翼翼的模樣，妖精弓手輕笑道：

「放心啦。某個酒桶更容易卡到。」

「哎呀，因為我跟鐵砧不同。全身都是肌肉……！」

照這個說法，行動最不便的應該是身形最龐大、擁有長尾的那一位……

——這種話不能說。

女神官忍不住笑出來，低頭避免表情被人看見，默默專心走路。

隊列跟平常一樣。

妖精弓手和哥布林殺手在前，中間是女神官及蜥蜴僧侶，礦人道士殿後。

因此，自已千萬不能慢吞吞的——女神官如此心想，努力穿過針山，就在這時。

「……？怎麼了嗎？」

眼前的哥布林殺手跟妖精弓手蹲低身子，停下腳步。

女神官當然也沒青澀到無法理解狀況。

她迅速用雙手重新拿好錫杖，邊確認自己的位置，邊開始準備採取應對措施。

調整呼吸，集中精神，維持在隨時都能獻上祈禱的狀態。

而礦人道士及蜥蜴僧侶，更進一步地說，整個團隊都一樣。

不長不短的劍亮出寒光，赤柏松木大弓的弓弦拉緊，探入觸媒袋的手，爪爪牙尾。

「後方交給你們。雖說有刺，被敵人從後面包夾就**完了**。」

礦人道士及蜥蜴僧侶點頭，站到最後面，瞪向後方的石窟。

女神官站在隊伍正中央，擺好架勢，以便來自前後的襲擊都能應對。

「守得住嗎？」

「有困難。」蜥蜴僧侶回答。

「後方有刺。路只有一條。貧僧等人人數多。只能祈禱敵方數量少了。」

「看來該直接擊退。」

經過短暫的交談，團隊方針決定迎擊。

不久後，在前方的黑暗中，那東西現出了身姿。

不想遇見。但早就覺得八成會遇見。

身高跟孩童接近。彷彿在嘲諷士兵的醜陋模仿行為及裝備。還有綠色的肌膚。

「小鬼!?」

「GOORG!?」

雙方都不期望的，突如其來的遭遇戰。

然而比起裝備槍與鐵帽的小鬼，早已預料到會發生戰鬥的冒險者，速度略勝一籌。

「上！」

哥布林殺手壓低身子衝出去，妖精弓手的箭在同時射出。

樹芽箭從鐵盔旁邊擦過，貫穿空間，直接刺進小鬼的眼窩。

「GOGGB！？！？」

箭頭就這樣攪動小鬼的腦漿，取其性命，其他哥布林卻並未停止進攻。

因為那是第一隻，但絕對不會是最後一隻。

「GOOROGB！」

「GOBBG！GRRBG！」

哥布林的強大之處，在於數量。

穿著同樣武器的醜陋士兵集團，啪噠啪噠地從黑暗中飛奔而出。

哥布林殺手毫不猶豫舉起右手的劍，扔出去。

「GGBGOOROG!?」

儘管速度遠遠不及妖精弓手的箭，用來殺死小鬼也足夠了。

因自信過剩而帶頭衝鋒的小鬼，喉嚨長出刀刃，後空翻了一圈倒在地上。

小鬼群冷酷地踩著屍體湧上時，哥布林殺手已經用空出來的那隻手撿起地上的短槍。

他揮動左手的火把奪走敵人的視線，舉起盾牌，壓低姿勢向上刺出槍尖。

「GOBB!?BGR!?」

喉嚨被刺穿，就算沒立即死亡，也不可能還有戰鬥能力。只聽得見含糊不清的吐血聲。

哥布林殺手踹倒吐著血沫的小鬼，放開短槍，從第二隻小鬼的屍骸上拔出劍。

「這樣就，三……」

他一面自言自語，一面從鐵盔內側迅速觀察敵人的數量。從通道底部逼近的腳步聲，數量是——

——大約十隻嗎？

肉眼可視的範圍內雖然沒多少敵人，萬一之後出現援軍就麻煩了。該以突破重圍為優先。

「光！」

「是，馬上來！」

女神官立刻看清戰況，凝視正面後退幾步。

「後方無須擔憂！」

「動手！」

她和蜥蜴僧侶及礦人道士這兩人背靠著背，將兩名前鋒的背影看在眼裡，一口氣念出祈禱。

「『慈悲為懷的地母神呀，請將神聖的光輝，賜予在黑暗中迷途的我等』！」

眩目的光，將汙穢要塞的地下通道淨化成一片純白。

「GBBOGOB!?」

「GOG!?GGRGB!?」

神聖之光照亮的，是忍不住哀號，遮著眼睛向後仰的小鬼們。

他們不曉得堵在區域的入口處做什麼，距離不遠。

哥布林殺手一口氣拉近距離，使勁踹向附近的那一隻。

被踢飛的小鬼狼狽地摔在地上，撞到東西，仰躺著抖了一下。

「GOORGB!?」

下一刻，冷酷無情的刀刃從上下射出，如字面上的意義咬斷他的身體。

小鬼的身體劇烈抽搐，導致噴出來的內臟及鮮血飛濺四周。

看來小鬼難以跨越這道令女神官忍不住臉頰抽動的殘酷陷阱。

不過，對哥布林殺手來說反而正好。

「四。有陷阱。」

「就說我知道了！」

「我們上。」

啊啊，討厭！妖精弓手用典雅的森人語抱怨，從箭筒抽出樹芽箭。

她吻了箭頭一下，樹芽立刻發芽，盛開花朵後凋謝，結出果實。

接著拉緊弓弦，將樹果箭從大弓射出，小鬼們遭受強烈的一擊，瞬間連站都站不穩。

「GOG!?GORGB!?」

「GGOBB!?」

果實還在擊飛小鬼的同時裂開，種子散射開來。

那些種子接連襲向哥布林，嚇得他們忘記現在是什麼狀況，四處逃竄。

雖說穿了鎧甲，小鬼終究是小鬼。遇到阻礙就會想逃。

「GOOBGB!?」

而手握被他們遺忘的鋼鐵之刃，將生命一分為二的人，自然會挺身而出。

在哥布林殺手眼中，小鬼的死法一點都不重要。

多加留意，以免踩到石板路上的血泊更重要。

「六——七……！」

在混亂的小鬼群的正中央，哥布林殺手盡情揮動雙手的武器。

兩眼被白光灼燒，全身被種子痛擊，後方是陷阱，前方是敵人。

哥布林的強大之處在於數量。

其智商與惡童無異，力氣也幾乎同等。就算有殺意或惡意，也只不過是那點程度。

因此只要將他們逼進石造通道，讓他們無法活用這個優勢……

「這樣就，十三。」

僅僅是數量多了那麼一些，根本不成問題，只不過是四方世界最為弱小的怪物。

哥布林殺手將快要熄滅的火把按在最後一隻身上，給予致命一擊，吐氣。

「**蠢貨**。」

他一把將沒燒完的火把扔掉，脫口而出的是十分尖銳的咒罵。

女神官覺得，這句話彷彿是對不在場的某人說的。

「……總之，順利度過危機了。」

不過，得先繼續向前。女神官調整呼吸，搖響錫杖。

她將手放在平坦的胸前，祈禱鎮魂的話語，願小鬼們死後不會徘徊在這個世上。

死了就結束了。不該再強求什麼。即使對方並非如此。

「還以為會有更多……」

「夠多了啦。」妖精弓手皺起眉頭。「這些屍體要怎麼辦？藏不住吧。」

她拔出刺在小鬼屍體上的箭，大概是想多少掩飾一下。

雖說四方世界廣闊無邊，只有森人會用樹芽箭當武器。

暴露自身的存在並非上策——雖然剛才那場戰鬥，早已製造出大量的噪音及屍體。

「不，沒必要藏。」

哥布林殺手語氣極為不悅，瞪向前方黑暗的道路。

他從雜物袋拿出新火把，用掉在地上的火把的餘火點燃。

「直接前進。」

「唔……」

蜥蜴僧侶將手抵在下巴沉思，接著似乎理解了他的意圖，眼珠子滴溜溜轉了圈。

「原來如此。虧小鬼殺手兄想得出如此心狠手辣的計策。」

「歐爾克博格有那種惡劣的嗜好，也不是一天兩天的事了。」

妖精弓手疲憊——或者說無奈地嘆氣，轉過身，頭髮於空中飄揚。

「妳還好嗎？雖然我想後面應該沒事。」

「啊，是的！」女神官連忙點頭。「我沒事。」

「我也是。」

礦人道士將不知何時掏出的手斧掛回腰帶上，開口回應。

若前鋒被壓制住，中陷阱的八成會換成他們這些後衛。

妖精弓手似乎對此感覺到責任感，回答「是嗎」的語氣有點雀躍。

礦人道士瞇起眼睛，一腳踩進腳邊的血泊，咕噥道。

「可是，雖說他們跟混沌聯手了……至於在國家的城寨搞這種花樣嗎？」

「很像這種人……自以為聰明的傢伙會想出的主意。」

哥布林殺手不是在回答這個問題，彷彿在自言自語。

難得──沒錯，真的很難得──他會表現得如此不耐。

「把小鬼當士兵使喚。」

哥布林殺手將小鬼屍體中的血肉及內臟塞進陷阱可活動的部分，將其破壞。

雖說是為了前進，這可不是看了會讓人心情好到哪去的行為。

不過，一行人（party）所在的地下道前方──有著更加恐怖的景象在等待他們。

因為──這座地底深淵，正是慘叫聲的源頭。

「也就是說，他們只想得到跟小鬼同等級的主意。」

§

在這座紅黑色要塞的地下，發生了什麼事？

無須特地詳述。

那是與小鬼巢穴的最深處同等，又比小鬼巢穴更加駭人的畫面。

因為被綁在那裡的少女，全是由人類擄獲、購買來的人。

在那裡被割下來當成食物的血肉，全是由人類親手抓進這裡的人。

也有人手筋腳筋被砍斷，腳踝被打進釘子。

然而，她們的肌膚都沒有一絲髒汙，也沒有受傷，只是兩眼無神。

有人負責管理。當然不是小鬼。

意即這個空間，是人類打造的石造小鬼繁殖場。

「────」

一行人踢破門踏入其中時，女神官一句話都說不出。

浮現於心中的情緒不是「太過分了」，也不是嫌惡感──恐怕是「為什麼」。

於室內迴盪的是痛苦、哀求、悲鳴，以及磨損靈魂的慘叫聲。

被綁在這裡的人，不久後就會死去。身體、心靈，抑或兩者皆會崩壞。

親眼目睹這樣的畫面，她還能說什麼呢？還要說什麼呢？

「『慈悲為懷的地母神啊，請賜予靜謐，包容我等萬物』！」

「『喝吧歌唱吧酒的精靈，讓人作個唱歌跳舞睡覺喝酒的好夢吧』！」

然而，脫口而出的是祈禱的話語，礦人道士也接著呼喚精靈。

哥布林們專注在從事猥褻行為和進食上，猛然抬頭時，已經太遲了。

小鬼們發出無聲的哀號，像睡昏頭似的晃來晃去，紛紛倒下。

哥布林殺手和蜥蜴僧侶二人一口氣衝進去。

在封閉空間戰鬥時，比起弓箭，劍與爪牙尾更有效。

他們恣意揮動拿手的武器，奪走失去戰力的小鬼的性命。

這個畫面讓她想起過去在地下遺跡的那場戰鬥。

要說其中的不同，就是所有人都沉默不語、疲憊不堪，卻沒有產生排斥感吧。

難怪剛才遇到的小鬼會那麼鬆懈，肯定是在這裡享樂過，正準備踏上歸途。

女神官持續祈禱，目光不經意地追隨他的背影。

身穿骯髒皮甲的他，冷靜地用短劍割斷小鬼的喉嚨，將醒過來抵抗的小鬼制伏，更換手中的劍。

在與哥布林殺手共同經歷的冒險中，她目擊了好幾次這個畫面……

——是……習慣了嗎？

女神官忽然這麼想。她發現自己內心浮現了這個想法，不寒而慄。

這樣不行。雖然沒辦法解釋清楚，這樣不行。

的確，這應該是再正常不過的事的其中一部分。

但照理說，這件事不該是正常的。

「…………」

女神官緊咬下唇，握緊錫杖，彷彿在尋求依靠。

接著在穢物中跪地蹲下，抱緊俘虜少女。

其中當然也有不久前才被**使用過**的少女，她卻沒有一絲躊躇。

她一個個溫柔抱緊每個人，為她們清潔身體，毫不介意神官服被弄髒。

她當然有獲賜「淨化（Purify）」的神蹟。只要使用它，想必瞬間就能清理乾淨。

可是——神蹟並非為此而存在。

她自己心生憐愛之情，主動想為這些少女做些什麼才有意義。

跟過去及現在仍在周圍掀起腥風血雨的行為相反，這陣靜默平靜又溫柔。

於這座駭人的繁殖場存活下來的人們，將在半夢半醒間被人從地獄拯救出來。

「……凡人有時會做讓人不敢相信的事呢。」

妖精弓手不齒地冷冷說道，成了劃破寧靜的第一聲。

她大概是想隔絕臭味，拉起圍巾遮住嘴巴，看不見她的表情。

或許是看不下去女神官欲言又止的模樣，礦人道士嘆了口氣。

「妳可別看到這個就覺得凡人統統很邪惡，希望他們滅絕喔？」

「才不會。」

森人未必說不出這種話——礦人道士對她投以懷疑的眼神，妖精弓手豎起長耳。

「話先說在前頭，也不能毀滅這個國家喔。」

「就跟你說不會了！」

她氣得回嘴，兩人激動地吵起架來。不過，緊繃的空氣因此緩和了些。

不，說不定一開始就沒有什麼緊繃的空氣。只是自己杞人憂天。

她擔心的不是和平或其他那麼誇張的事。

只是不想被朋友討厭——這種微小的不安。

「……太好了。」

妖精弓手似乎聽見了她下意識脫口而出的呢喃。

她難為情地用指尖搔著微微泛紅的臉頰，開口解釋。

「只有凡人才會這麼偏激吧。錯的是叫人做這種事的傢伙，我有說錯嗎？」

「哎，戰場上，比起兵卒，下達命令的士官責任更加重大，此乃常規。」

蜥蜴僧侶「然也，然也」表示同意，將卡在長嘴牙齒間的血肉吐到地上。

對他來說，重要的是吃掉強者的心臟，小鬼顯然不包含在內。

「事實上，貧僧認為上頭八成有與混沌聯手的指揮官。」

「就算這樣……那個——」

哥布林殺手支支吾吾地說，轉動鐵盔，似乎正在空中尋找自己要說什麼。

「……那個，叫巨魔的傢伙還比較厲害。」

啊，終於記住了。妖精弓手呵呵竊笑。恐怕是故意的。

哥布林殺手看都不看她一眼，低沉的咕噥聲從鐵盔縫隙間傳出。

「跟去年收穫祭對上的那傢伙一樣，不懂得如何使喚小鬼，過於外行。」

「那個……闇人(Dark Elf)對吧。」

女神官想起在街上撞見的闇人盜賊，點了下頭。

她知道這是偏見，不過闇人多數都會與混沌勾結，是擾亂地上秩序的存在。

聽說前些時日神酒引發的戰爭，也有闇人在背後牽線。

——如果這次的事件，同樣是闇人暗地策劃的……

那該有多好啊。雖然肯定不會是那樣。

「那麼，救出這些人——」

不，問題不在於此。女神官思考著。這裡是敵陣，該考慮的是——

「……該怎麼救出她們。」

「先跟委託人會合。」

哥布林殺手扔掉被黏稠血液弄鈍的劍，撿起小鬼的槍。

他將其扛在背上，順便把小把彎刀插進腰間的刀鞘。

「我們人很多。為此我才麻煩她調虎離山。」

「而且若不將那丫頭也平安送到，委託會失敗啊。」

礦人道士喝了口酒，彷彿要清除口氣，用手一把抹掉滴下來的酒。

「打得那麼激烈卻沒半個援軍出現，我想應該挺順利的。」

「龍牙兵依然健在，無須憂心。」

蜥蜴僧侶毫不費力地扛起被囚禁在這裡、仍未甦醒的少女們，低聲說道。

雖然女神官不明白，聽說術者與使魔之間，存在某種靈性的羈絆。

聖職者呼喚出的神之使徒似乎包含在內，龍牙兵大概也一樣。

「有辦法帶著她們，為我們帶路嗎？」

「貧僧無法得知該處的詳細情況……但能夠加以誘導，讓雙方碰頭。」

不過在扛著好幾個人的狀態下，可別期待我上前線戰鬥。

蜥蜴僧侶一副「用不著我說你也知道吧」的態度，轉動眼珠子。

「足夠了。」

鐵盔上下移動，哥布林殺手點點頭，立刻大步向前。

大剌剌的步伐與平常無異，妖精弓手無奈地搖頭聳肩。

「欸，就算你是斥候，要往前走總是需要人偵查吧。」

兩人迅速走向跟侵入口不同的門，開始觀察。

看來之後還得走一段路。

女神官覺得自己明白了上面的士兵們想要封印什麼。

準備那麼多陷阱，塞進地底深處的地窖。

想到腳下是如此恐怖的場所，哪有辦法安穩度日。

何況他們也為那些小鬼的所作所為出了一份力。

一旦踏進地下，就會聽見女人及囚人們的慘叫聲與哭聲響徹四方，導致精神受到折磨吧。

即使那是他們自己認同、自己帶來的結果。

——若非如此，實在太……

這樣跟那些不祈禱者(Non-Prayer)有何區別？

女神官努力不去想這件事，繞到蜥蜴僧侶背後，一面調整少女們的姿勢，一面嘀咕道。

「……真方便。」

龍牙兵。她低聲補充一句。

那是無關緊要的閒聊。地下沒有能吹散沉悶心情的風。

因此大家才會一同聊天、歡笑，至少讓心情輕鬆些。

「哎呀，方不方便端看術者。本事夠大的話，無論在空中、海底乃至地平，其力量都是無限大。」

看見蜥蜴僧侶眼珠子轉了圈，女神官吐出一口氣。

「希望總有一天，我也能蒙賜地母神的使者。」

「只要信心沒有動搖，遲早會有那麼一天。走唄。」

有人推了下女神官的背。礦人道士露出叫她別想那麼多的笑容。

望向前方，哥布林殺手和妖精弓手已經打開門，等待其他人跟上。

——信心……

自己心中的心情，真的能稱之為信仰嗎？女神官至今仍然沒有把握。

它從第一次冒險生還下來時一直沒有改變，存在於心中。

可是，女神官同時也在想。

——迷惘，會不會就是我的信仰？

寺院的前輩教她的事，以及過去累積的經驗，讓她這麼覺得。

她從單純的步行改成小跑步，覺得離前方更近了些，追上哥布林殺手的背影。

一面祈禱死者不會迷路，受傷的少女們能得到幸福，夥伴及友人平安無事。

§

值勤室的門一開，裡面的景象可謂橫屍遍野。

癱在地上的士兵各個疲憊不堪，實在稱不上健康的睡眠。

何況他們還被繩子牢牢綁住。

只有兩個人站著。上衣被汗水濡溼的女商人，以及身穿外套、頭戴頭巾的龍牙兵。

哥布林殺手踏進值勤室，粗略環顧四周，鎮定地詢問：

「還好嗎？」

「……嗯。」女商人拭去汗水，穿上掛在椅背上的外衣，點頭。「還可以。」

女神官聽見，鬆了口氣。妖精弓手則滿意地笑了。

看到兩人的反應，女商人也紅著臉低下頭，顯得有幾分害羞。

「不好意思。比想像中還花時間……」

她一副坐立不安的樣子，開始整理外衣。

「妳可是一個人把好幾個衛兵弄昏，哪會嫌妳花時間。」

「別再鬧我了。」

妖精弓手笑出聲來，女商人做出些微的抵抗。

「我不是只有一個人，也沒有跟他們戰鬥……」

「不戰而勝不是更厲害嗎？對不對？」

女神官立刻插嘴打斷她說話，向同伴徵求同意。

她難得故意講這種調侃人的話，女商人「啊嗚」發出無力的聲音。

當然，礦人道士不可能放過她。

「哎唷，哎唷。做得可真好。」

「呵呵，貧僧的龍牙兵似乎也有所貢獻。善哉善哉。」

礦人道士及蜥蜴僧侶兩位銀等級冒險者，也紛紛稱讚她的表現。

哥布林殺手則跟平常一樣，沒有特別表示讚許，不過……

「看來香的效果沒有問題。」

他嘟囔了一句後，默默檢查綁住士兵的繩子，應該是沒有怨言。

「呃。」女商人目光游移，以掩飾羞恥心。「所以，你們那邊如何……？」

「一切順利。」女神官點頭，望向蜥蜴僧侶。「之後只要逃出去——」

——要怎麼做。

女商人雖然讓龍牙兵把在場的士兵都綁起來了，這些人不可能就是這裡所有的士兵。

再加上小鬼。雖說他們被塞進了地下，不代表不會出到地面。

更重要的是，他們還帶著幾名俘虜。在這個狀況下，不可能輕鬆逃離。

也不能跟過去在雪山，那座古城的戰鬥一樣，扛著俘虜逃走。

跟當時不同，這裡是敵陣之中，不是只要從城堡直接逃到城市就行。

女神官面色凝重，彷彿遇到難題的學生，「唔唔——」低聲沉吟。

「咦，直接去碼頭借沙船不就行了？」

妖精弓手一副理所當然的態度，解除了她的煩惱。

「這裡有碼頭嗎？」

「我記得剛才看過的地形圖，不會有錯。」

她扠腰挺胸，得意地宣言，瞄了鐵盔一眼。

「歐爾克博格也是一開始就打算這麼做吧？」

「基本上是。」

廉價的鐵盔晃了下，哥布林殺手肯定她的推測。

女神官在內心無言以對，默默嘆氣。

——雖然他不肯把作戰計畫告訴別人，不是一天兩天的事了。

真拿他沒辦法。

然後——大概，她得學會用不著他說明，就能察覺到他的意圖。

「那些女孩——」哥布林殺手抬起下巴，指向救出來的俘虜。「交給龍牙兵。你會開船嗎？」

蜥蜴僧侶摸著下巴思考，轉動眼珠子。

「哎，大概。搭乘蟲人兄的船時，貧僧見識過他的技術。目的地是？」

「讓我看看蟲人給的地圖。」

「明白，明白。」

蜥蜴僧侶從懷裡取出莎草紙(Papyrus)卷軸，攤開來。

妖精弓手從旁探出頭，這次她沒有被罵，整個團隊一起看著地圖。

是張用超群技術繪製的地圖，稱之為行家都不為過。

「這是遺跡嗎？」

在這之中，哥布林殺手盯上的，是離要塞很近的場所。

那裡用╳做了記號，畫著疑似石柱的圓形。

附近還有河流，似乎可以用來休息。

既然是遺跡，也該考慮怪物出現的可能性……但對冒險者而言，現在哪還會怕什麼怪物。

在混亂的情況下行軍時，很適合當路標。

「就這麼定了。」蜥蜴僧侶點頭。「派龍牙兵從碼頭開船出來，移動到該處。」

「我們趁這段時間去上面。」

哥布林殺手捲起地圖，扔給蜥蜴僧侶。鉤爪在空中一把抓住地圖。

「然後逃出、會合，前往遺跡。」

「最好動作快。我可不想在拖拖拉拉的時候惹麻煩上身。」

礦人道士板起粗指，計算剩餘的法術次數，一面咕噥道。

「法術要怎麼分配？我用了一次『酩酊（Drunk）』，還剩三次。」

「貧僧只有叫龍牙兵出來。」蜥蜴僧侶接著說。「同樣剩三次。」

「我用了『聖光（Holy Light）』和『沉默（Silence）』，所以剩一次……」

女神官閉上嘴巴，對女商人使眼色。

她好像沒有立刻明白女神官看自己的用意，但她立刻眨了下眼。

「……我沒用過法術。還能用兩次。」

「我們的團隊法術資源（Resource）果然很豐富。」

總共十三次，剩下九次。妖精弓手計算著次數，發出銀鈴般的笑聲。

「欸，妳要不要也加入我們？能擔任前鋒又會用法術，很厲害耶。」

「呃。那個……妳這樣，我很困擾……」

上森人將女商人抱得緊緊的，撫摸她的頭，導致她紅著臉低下頭。

「那個，我……有很多，要在城裡做的事。」

該把她們視為年紀有差距——雖然是事實——的朋友，還是感情和睦的姊妹呢。

包含急忙插嘴說道「別為難人家啦」的女神官在內，三人的對話實在溫馨。

溫馨到在如此邪惡的要塞，在一群癱在地上的衛兵旁邊，顯得有幾分突兀。

礦人道士瞇起眼睛，彷彿看見某種耀眼之物，親暱地念了句「妳這長耳朵的真是的」。

「我和長鱗片的也多少能身兼前鋒後衛。所以——嚙切丸啊，你打算怎麼處置小鬼？」

「哥布林的巢穴在地下。」

哥布林殺手的回答很簡單。

他從雜物袋拿出水袋，塞進鐵盔的縫隙間大口喝水，接著說道：

「一隻隻找出來殺掉太費事。必須一網打盡。」

也就是說，要做的事已經決定。一如往常。

他是哥布林殺手。而這是剿滅哥布林。

「所以要到上面去……」

被揉遍全身上下的女商人，終於擺脫在跟她嬉戲的妖精弓手，喃喃說道。

她發現他從鐵盔的面罩底下看著自己，點頭。

「我確認一下，妳委託的事辦完了嗎？」

「這個國家的宰相和混沌勾結，讓小鬼繁殖，試圖擴增勢力。我確實親眼——」

看見了。女商人回答。邪惡的混沌種子，就在這裡萌芽。

「……委託完成。剩下只要我回去報告就行。」

「那妳跟我們一起來。」

哥布林殺手將內容物剩下一半的水袋塞進雜物袋。

他的語氣雖然十分冰冷、無機質、平淡……

「團隊裡的法術資源（Resource）愈多愈好。」

好的。女商人面露淺笑，點頭。因為，她很高興有人願意這麼說。

之後，團隊成員簡單討論了一下，決定行動流程，馬上著手準備。

雖說召開了作戰會議，這段時間也可以說是短暫的休息。

仔細一想，潛入要塞後究竟過了多久？

好像很久，卻又有種轉瞬即逝的感覺。

不過，時間會不斷流逝，或許已經過了深夜。

疲勞和興奮是危險因素。因為搞不好會連自己處於疲勞狀態這個事實，都無法認知。

因此他們聊了一會兒，補充水分及糧食，使用珍貴的時間共同歡笑。

不久後，哥布林殺手「我們走」發號施令，**五位**冒險者站起身。

目標是要塞最上層。之後不曉得有什麼東西在等待他們。

因為——這也是一場冒險。

「啊，請等一下。」

離開值勤室的前一刻，女商人忽然想到什麼，叫住一行人。

她從門旁邊小跑步跑向扛著他們救出來的少女的龍牙兵。

「我還沒跟他道謝……」

她抓住龍牙兵的頭巾，讓他低下頭，同時踮起腳尖，將頭藏進頭巾底下。

妖精弓手輕聲驚呼。八成是因為龍牙兵與女商人的身影，重疊了短短一瞬間。

「……久等了。」

女商人再度小跑步跑回團隊成員身邊。

她的臉微微泛紅。目擊整個過程的女神官臉頰也在發燙。

「哈哈哈，哎呀，那隻龍牙兵真有福氣。」

蜥蜴僧侶哈哈大笑，女商人臉甚至紅到了耳根子。

「走、走吧！」

她像要甩開他們的視線般，開門走向要塞的通道底端。

一行人(Party)苦笑著追上去，礦人道士突然丟出一句話。

「姑且問一下，你該不會想殺了要塞的司令官或將軍吧。」

「我不知道那傢伙是誰，不過沒那個必要。」

哥布林殺手用冷酷無情的話語回應。

「期待哥布林有忠誠心，根本愚蠢透頂。」

§

有給東西吃。

有給地方睡。

也有給女人。

然而對他們來說，這一切都讓人不滿。

因為他們被塞進這種地窖的深處，那些人則在上頭自由自在地享樂。

食物想必也吃得比他們更好，也能極盡奢侈之能事吧。

熱得要命的**晚上**、寒冷的**白天**，應該也能睡得舒舒服服。

除此之外，他們還會把自己拚命戰鬥搶到的東西奪走。

女人也是。

嘴上說著可以給他們，隨他們處置，一旦他們真的為所欲為，就會怒吼著鞭打他們。

這樣他們哪有自由處置自己的東西。讓女人受點傷有什麼錯？

重點在於，以為憑這點利益就能使喚他們，讓人不爽。

總是搬出複雜的道理逞威風，明明腦袋裡裝的東西跟他們差不多。

到頭來，就是一些只會擺架子的傢伙。

再說，只不過是在紙片上寫幾個字講幾句話，哪算得上在工作。

竟然還敢瞧不起他們。

動不動就叫他們做這個做那個，事情做完後也只會挑毛病。

真想叫他們自己動手。

最後——居然敢來這招。

眼前的家畜小屋空空如也。同伴的屍體散落一地，臭味通往地面。

這隻小鬼將自己擅自離開工作崗位一事拋到腦後，放聲怒吼。

若能聽懂小鬼的語言，八成能聽見讓人皺眉的粗俗話語。

——那些傢伙真的惹火我們了！

他們無時無刻都處於被怒火沖昏頭的狀態，那只不過是自我中心的遷怒。

然而大多數的情況下，他們都會認定自己的憤怒是正當的。

畢竟他們遭受不當的虐待，自然可以起身反抗，取回自己的東西。

在這座要塞最辛苦的是我們，所以地位最高的也是我們。

正確地說，不是「我們」而是「我」，那隻小鬼的吶喊在地下洞穴迴盪。

在這裡出生長大的小鬼、從外面被帶進來的小鬼都氣得發狂，拿起武器。

該把上面的要塞搶來，附近的城鎮、所有的一切統統搶來，占為己有。

士兵們整天掛在嘴上的舞孃、公主什麼的也要搶到手。

那些傢伙太笨，所以搶不到，但我們不同。

——而在這之中得到最多好處的，必須是我。

因為自己是這場戰鬥的指揮官，這是應該的。

大家都該成為自己的四肢，忠誠地聽他指使，代替自己送死。

不，不如說自己才不會跟死在這裡的白痴一樣，犯下那種失誤。

因此倖存下來的也會是自己。不會有錯。

他露出下流的笑容，腦中及胯下塞滿自私的妄想，舉起劍……

「GGOOOGOOGORRBB！」

下一刻就因為隨手砸在頭上的鐵鍊而腦漿四濺，結束這一生。

踩爛抽搐著倒下的小鬼屍體，加以蹂躪的，是更巨大的小鬼。

他是地下小鬼群中最強大的個體，大叫著宣言自己才有資格站在頂點。

其他小鬼都沒有反對。

在「要好好利用這個大傢伙」的意義上，他們意見一致。

「GOOROGG！GOORGGBBG！」

於是，哥布林們開始直接奔向地面。

在地下通道上狂奔，無視死在陷阱之下的蠢貨，朝地面前進。

率先犧牲的，以及在犧牲者裡面最為幸運的，是值勤室的衛兵。

被五花大綁，陷入熟睡的他們，在意識不清的狀況下被氣瘋的小鬼撕裂。

「GORGB！GOORGBB！」

什麼嘛，凡人根本沒有什麼了不起。

不，看。這些傢伙好像吃我們沒看過的食物吃得很爽。混帳東西。

有股味道。雌性的味道。沒聞過的香味。還有被抓走的孕母的味道。

在上面。他們跑到上面了。可惡。看我把她們按在地上，狠狠蹂躪一番。

「GOORGBB！」

小鬼們搶走衛兵的裝備，全身是血，發出提振士氣的吼聲衝上前。

為了殺掉那群凡人，奪回被搶走的孕母，得到更多自己應得的好處。

一旦開始，到死都絕對不會停止——這就是哥布林。

§

「怎、怎麼回事!?」

「是小鬼！小鬼從地下跑出來了！」

「混帳，誰決定要用那些傢伙的！」

罵聲四起，金屬碰撞聲響徹四方，悲鳴與慘叫，砍斷肉的聲音，怪物的叫聲。

戰況極度混亂，每個人都慌張地直接拿刀衝出去。

有的士兵什麼都沒帶，有的士兵急忙穿上鎧甲，有的士兵只穿著貼身衣物試圖逃跑。

明顯是非人之物的慘叫聲較多，可是人類的聲音也會參雜其中。

在小鬼巢穴上方生活，卻毫不警戒。這個結果並不奇怪。

意即——徹頭徹尾的混沌（Chaos）。

「你、你們是怎樣!?哪個部隊的——」

「小鬼從地下攻過來了。」

「什麼……!?」

士兵在一頭霧水的狀態下質問，小鬼殺手的團隊應了聲，跑過走廊。

走道上擠滿東逃西竄，或者試圖採取應對措施的士兵們，一行人不斷向上。

不過途中遇到大喊著「這裡有傷患！讓開！」的士兵，他們還是讓開了路。

女神官看了抬著擔架運送傷患的士兵一眼，立刻往前奔跑。

由骷髏男子率領的混合眾多種族、裝備繁雜的團隊，自然很少人會跟他們搭話。

就算有，也只有跟剛才那名士兵一樣，尚未掌握情況的人。

拿士兵當吸引哥布林的誘餌，拿哥布林當吸引士兵的誘餌。

當然，就算數量再多，就算攻其不備，他們終究是小鬼。

只要重整態勢，士兵沒道理會輸，過沒多久這場混亂也會平息吧。

然而——足夠爭取一些時間了。

「……哎，提到小鬼，你確實是行家。」

礦人道士邊跑邊哈哈大笑。

「是說嚙切丸啊，你想到的計策還真狠毒。」

「不是我想到的，不是我的知識。」

哥布林殺手靠在走道的邊緣，邊窺探轉角邊回答。

他確認沒有異狀，揮手表示安全，團隊再度飛奔而出。

雖說要塞建造時，會以讓入侵者迷路為前提，還是有在裡面工作的人。

更何況他們是冒險者。對於探索洞窟、遺跡、迷宮駕輕就熟。

只要事先記得地圖，就不可能迷路。

「裝成被敵人追趕，負責傳達情報的**友軍**就行了吧？」

「貧僧獻上的策略奏效，帶給我方大勝利。原來如此，原來如此。」

蜥蜴僧侶發自內心感到愉悅，轉動眼珠子，用尾巴拍打地面。

以腳爪抓住石板路，擺動長尾奔跑的他，就算用委婉一點的說法，看起來也有幾分怪物的模樣。

雖然士兵跟自己擦身而過時錯愕的表情，當事人看得挺開心的。

「不過……以友軍來說，貧僧等人的裝束有點太奇怪了吶。」

「所以你們也跟我一樣換身衣服不就得了。」

相對的，妖精弓手颯爽地從他旁邊跑過去，反而不太起眼。

不曉得是因為其他成員是骯髒的鎧甲男子跟壯碩蜥蜴人，還是她換了衣服的關係。

「這樣的話，一開始就能更輕鬆地潛入了吧？」

「妳不是討厭喬裝？」

「扮成奴隸另當別論！」

哥布林殺手的反應跟對牛彈琴一樣，妖精弓手氣得回嘴。

——不過，還是會引人注目吧。

女神官喘著氣追在後面，看著妖精弓手的美貌心想。

上森人的美超脫俗世，那可不是換一套衣服就能掩飾的。

女神官想了一下，靈光一現，決定在礦人道士開口前先調侃她。

「不可以挑三揀四喔？」

「唔咦!?」

「唷。」

大概是沒料到吧。妖精弓手尖叫出來，礦人道士瞪大眼睛，感嘆出聲。

「這丫頭說得沒錯。妳就是因為這樣，才會一直是個砧板。」

「怎麼會這樣……！純潔無垢的那孩子，逐漸被歐爾克博格他們荼毒了……！」

妖精弓手誇張地仰天長嘆，不曉得是不是認真的。

「才、才沒有……！」

女神官慌張地說，卻沒人當一回事。

想到上層的話，必須爬樓梯上去。眼前是又陡又狹窄的螺旋樓梯。

可能踩歪，也可能從上方湧現敵人——不管是小鬼還衛兵。

身為前鋒的哥布林殺手及妖精弓手，表情因戰鬥的氣息而轉變，蜥蜴僧侶亦然。

「唔。」

女神官邊跑邊鼓起臉頰，迫於無奈，只得忍住不繼續反駁。

「……？」

這時，她忽然感覺到一股視線，瞥向跑在旁邊的女商人。

女商人拚命跟上，以免落後團隊，臉頰泛紅、呼吸紊亂，努力跑著。

女神官出於關心，盡量配合她的速度，發現她雙眼瞪大。

——她沒有想到。

考慮到她經歷過的事，肯定會害怕小鬼的叫聲。

在城裡奔跑的期間，就連此時此刻，周圍都不斷傳來戰鬥聲及小鬼的慘叫。

「沒事吧？」

「咦，啊……」

她擔憂地問，女商人目光游移，顯得不知所措，或許是不知道該說什麼。

接著，她一面調整呼吸，一面用有點羨慕的語氣輕聲說道。

「……該怎麼說呢……我覺得妳好厲害。」

「是嗎？」

女神官不太能理解。光是要追上跑在前面的人，她就竭盡全力了。

可是……

——要說厲害的話，不是只有我。

「一定是大家都很厲害。」

——……不是只有我，妳也包含在內。

女神官輕輕握住以優秀商人的身分，在自己無法想像的領域活躍的少女的手。

跟過去在雪山戰鬥時一樣，緊緊握住。

她猶豫著彎曲手指，用力回握，這讓女神官非常高興。

「那再加把勁吧！」

「嗯！」

兩人發出在這個場合顯得格格不入的輕笑聲，跟著其他人跑上樓梯。

狹窄的石造螺旋樓梯。既然如此，這應該是從外面看見的其中一座尖塔。

不久後，一行人抵達樓梯頂部，那裡是四面八方都開著窗戶的巨大穹頂下方。

推測是監視塔。哥布林殺手從窗戶探出頭，環顧四周。

——不，不對……？

女神官反而覺得他在看的不是四周，而是屋頂。

「要去上面嗎？」

「屋頂上。」哥布林殺手點頭。「但以角度來說有難度。天花板如何。」

「有點太高。」

礦人道士仰望上方，瞇起眼睛呢喃。

「只要爬到屋梁上，應該能拆掉石頭去到外面。」

「就這麼決定……喂。」

「知道了！」

女神官立刻在冒險者套件裡摸索，取出愛用的鉤繩。

——出門時別忘記帶……！

不愧是人人推薦的冒險者套件，帶在身上不會有壞處。

她將鉤繩遞給哥布林殺手，他抓住繩子，將鉤子甩了幾圈，扔出去。

鉤子牢牢掛住屋梁，他扯了兩、三下垂下來的繩子，確認是否牢固，之後只要爬上去即可。

女商人因為不習慣的關係，多花了點時間，不過只要讓其他五個人一起拉她上來，就不成問題。

冒險者們爬上屋梁，由礦人道士拆掉天花板，接連爬上閣樓。

裡面是用石頭蓋出美麗曲線的屋頂內側。

「要出去是吧。」

「不僅如此，最上面。」

哥布林殺手瞇起眼睛，抬頭瞪著屋頂最上方，位於頂點的石頭。

「不是有個叫拱心石的東西嗎？」

「喂，歐爾克博格！」

她大概是感覺到了不祥的預感——女神官表情也瞬間僵住——妖精弓手大聲說道。

「你該不會打算弄垮這座要塞吧……！」

「不。」

哥布林殺手卻平淡地回答，緩緩搖頭。

「不是我。」

他的視線前方——是蜥蜴僧侶。

§

喔喔喔喔喔喔喔喔喔喔喔喔喔喔喔喔喔喔喔喔……

這聲音彷彿有一大群亡者在哭喊，拉長尾音迴盪。

究竟有多少人聽見，並且能理解發生了什麼事呢。

小鬼們肯定沒辦法。

大多數的衛兵，理應也無法理解。

因此，注意到的人不是靠聲音，而是靠視覺發現的。接著是感覺到震動的人。

沙漠在移動。

沙塵在荒野的盡頭掀起漩渦，如同從地面長出的雲朵。

它蜂擁而至，逐漸逼近。彷彿在繞著漩渦，急速膨脹。

就算在這場小鬼騷動中無暇觀察沙漠，所有人都感覺得到些微的震動。

起初是些微的震動。掉在石板路上的沙粒被震得四散。

桌上的餐具、到處亂扔的武器。家具。發出聲音、搖晃、掉落、倒下。

四處逃竄，抑或持續在對抗小鬼的士兵們，紛紛停止動作。

什麼都沒在想的小鬼們也困惑不已，發出不安的聲音左顧右盼。

接著，那一刻來臨。

沙漠掀起巨浪，如雨般降落於要塞。

從其中飛出來的——是形似尖塔的背鰭。

「是、是沙海鷂魚——!?」

近似慘叫的吶喊，也被撲向要塞的大怪魚的影子吞破，消失殆盡。

對擁有外殼的巨大魚群來說，小鬼、人類以及要塞，全都沒有意義。

以一隻沙海鷂魚撞上城牆為開端，其他沙海鷂魚一隻隻衝向要塞。

無視途中的一切，平等蹂躪所有存在，將其吞沒，這就是沙海鷂魚。

轉眼間——這個國家知名的要塞，就毀在沙海鷂魚群手下。

§

「哇啊啊啊……!?」

劇烈衝擊震得女商人下意識大叫，女神官用力抱住她。

不只監視塔的圓頂。整座要塞都在發出吱吱嘎嘎的悲鳴。

「『冠上大地之名的馬普龍啊，還請讓我等暫且加入群體』。」

祈禱完「念話（Communicate）」的蜥蜴僧侶，無奈地搖晃長脖子。

「哎呀。就算長著鱗片，貧僧竟有向魚類傾訴愛意的一天，真是意想不到。」

「唔……怎麼覺得你這次一直遇到這種事。出發時為我們送別的將軍也是……」

妖精弓手正想接著說些什麼，再度開口。

然而，尖塔立刻又搖晃起來，一部分屋頂的石頭喀啦喀啦地崩落。

她將準備對蜥蜴僧侶說的話吞回去，迅速對哥布林殺手大喊：

「是說，欸，歐爾克博格!?」

「到外面去。」

他直接打斷妖精弓手的抗議，又對崩塌的屋頂補了一腳。

接著，眼前開出一個大洞，強風瞬間灌進閣樓。

女神官反射性閉上眼睛，在強風平息的同時再度驚呼。

——是紅色。

那是沙漠的日出（Daybreak）。

天空的藍色隨著與地平線的距離而變淡。紅光從黑色沙塵的另一側照進。

光芒逐漸擴散開來，將大地染上紅色，宛如一朵盛開的花。

淡淡的甘甜花香，乘著雨後的夜風而來。

這十幾年來，女神官看過好幾次日出。

然而，如此美麗的日出……

……不對……

不。不是那樣。日出肯定無論何時都是美麗的。

只是沒人發現，或是很少仔細觀察……

「哇。噢……」

不過，那樣的感慨也在一瞬間消失。

巨響再度傳來，高塔劇烈搖晃。時間所剩無幾。

「站得起來嗎？」

女神官催促緊緊摟在懷中的女商人，站穩腳步，互相支撐。

「喂，歐爾克博格，我在跟你說話！」

「什麼事。」

抓住崩落的屋頂，一隻腳踩在上面窺探室外的鐵盔，轉頭望向妖精弓手。

長耳豎得不能再高的上森人，絲毫沒有受到震動的影響逼近他。

「出去了之後要怎麼辦！底下亂成一團，下去後又能怎麼辦——」

「妳說什麼？」

哥布林殺手發出打從心底感到驚訝的聲音。

他的語氣雖然跟平常一樣淡漠，這句話聽起來卻十分意外。

每個人都說不出話。視線筆直刺在廉價的鐵盔上。

「不是妳自己說的嗎？」

連眾人的反應他都感到疑惑，歪著頭，一副「妳在說什麼傻話」的態度，乾脆地說：

「**踩著牠的背穿越沙漠**。」

你在說什麼傻話。想講這句話的似乎是妖精弓手，她卻無言以對。

看著她嘴巴一開一合，為之語塞的模樣，女神官忽然想起。

在沙漠前進的路上，妖精弓手隨口提到了那位英雄。

記得是非常短，卻一輩子難以忘懷，名字十分獨特的英雄。

不過，這個人並沒有忘記那點芝麻小事。

「……唉。」礦人道士嘆氣。「跟你在一起，怎麼樣都不會無聊。」

「是嗎？」

「『下降（Falling Control）』對吧？我現在用，等一下。」

「拜託了。」

礦人道士灌了口酒提振精神，張開雙手呼喚土精。

沙漠是日光、月光、沙精、地精，以及炎與風之神的領域。

既然如此，沒道理捨不得幫助這群冒險者。

「『土精唷土精（Gnome），放下桶子，慢慢放下，放好離手』！」

瞬間，女神官感覺到自己身邊有微小的存在，正在笑著跳舞。

與此同時，神官服的下襬輕輕掀起，她急忙用一隻手壓住。

若她沒有聽錯，輕微的笑聲轉變成十分愉快的歡笑。

「那麼，貧僧頗有分量。若不讓大地之力的桎梏放鬆些，可能會直接摔得粉身碎骨。」

蜥蜴僧侶說著她聽不懂的話，旋轉手臂，緩緩踏出一步。

「貧僧知道龍牙兵的位置。就讓貧僧成為躍上怪魚背部的第一支槍……！」

話一說完，蜥蜴僧侶就大吼一聲，躍向沙海鴿魚群之中。

他用跟巨大身軀成對比的輕盈動作降落於其上，腳爪在背部的甲殼上一蹬，再次跳躍。

「啊啊，討厭，這樣有幾條命都不夠——你好詐！等等我！」

妖精弓手追在後面，輕輕跳躍。

這一躍有如隨風飄舞的樹葉，也像在地面彈跳的皮球，她的身影迅速變小。

對上森人來說，踩在河川的水面上跟踩在沙海鴿魚背上，或許沒有差別。

「真是，離我太遠的話，法術搞不好會解開喔！」

礦人道士連忙跟著躍向空中。

他的身體輕快地在魚背上彈跳，乍看有幾分驚險。

一個不小心搞不好會失足墜落，但神奇的是，他看起來沒有會摔下去的跡象。

該說他駕輕就熟嗎？若他聽見，八成會哈哈大笑。

「怎麼樣。要先嗎？」

在其他人跳下去的期間，哥布林殺手負責戒備後方。

他轉頭望向互相攙扶的女神官及女商人，似乎在關心她們。

雖然藏在面罩底下的表情，當然無從得知。

「……沒關係。不用的。」

女神官看了被自己摟著的女商人一眼。她不知所措，卻依然用力點頭。

「我們一起跳。」

「……是嗎。」

「對呀。」

「是嗎。」哥布林殺手點頭。「好。」

他將不知何時交換的劍插進腰間的劍鞘，踢擊城牆，踏入空中。

這樣一來，就只剩下她們兩個。

遠雷般的巨響響徹四方，每次都會震得高塔、要塞發出吱嘎聲搖晃。

不久後，這裡就會徹底崩塌吧。沒有時間，也沒有那個餘力遲疑。

女神官卻莫名冷靜。

心平氣和，有種溫暖、輕飄飄、雀躍的感覺。

「……走吧？」

「是！」女商人點頭，握緊女神官的手。「走吧！」

兩人牽著手走向高塔邊緣。目光交會，做了個深呼吸。

「一、二……」

「……三！」

於是，兩位少女躍身於冒險的天空中。

風拂過兩人的髮絲。女神官忍不住用拿著錫杖的手按住帽子。

接著因混雜沙塵的強風閉上眼睛，凝視經過減速，卻還是迅速逼近的怪魚背部。

「嘿、嘿……！」

兩人一同踢擊牠的甲殼，身體便一口氣再度飄向空中。

跨越黑夜，前往日出的方向。璀璨的陽光，世界閃爍著薔薇色。

兩位少女望向對方。笑了。不知為何，她們控制不住笑意。

「啊，哈，啊哈哈……！」

「呵呵……！」

她們的步伐，輕盈得如同紅寶石(Ruby)或銀製鞋跟奏響的腳步聲。

§

——如果這樣就能告一段落，那該有多好啊。

「GOOROOGBB！」

一隻小鬼在從頭上傳來的巨響中不斷奔跑。

體型比其他小鬼大一圈的他，早就扔掉鐵鍊了。

現在他頭戴角盔，身穿外套及鎧甲，手拿從未用過的斧槍(Halberd)。

全是他帶頭衝進最豪華的房間搶來的。

沒必要分給跟在自己後面撿剩飯的傢伙。

他望向室外，果然第一個拔腿就逃。

自己跟那些在攻擊、玩弄、蹂躪士兵的期間，被其他士兵殺掉的蠢貨不同。

其他傢伙是死了也無妨的垃圾，自己可不一樣。

不對，他肯定壓根沒想過自己會死。

至今以來，那些傢伙從來沒幫助過自己，反而還會嘲笑他，死也是應該的。

他或許是這麼想的。

無論如何，他在要塞崩毀前就逃進由厚實岩層保護的地下。

對於將自己逼回地窖的那些傢伙的怒火不斷湧現。

不過，現在不是想那些的時候。

他有他的目的，不能被其他蠢貨搶先。

緊握在手中的，是張皺掉的紙。

在偷鐵盔時碰巧撿到的那張紙，上面畫著某種圖案。

是那個叫地圖的東西吧。他為自己的機智露出滿面笑容。他很聰明，所以他明白。

上面畫的是地下通道。通道盡頭有做記號。去那邊就行了吧。

那裡肯定有寶物。說不定是女人。說不定是食物。總之是好東西。

他腦中全是這些念頭，只想著要由自己獨占一切。

想都沒想過凡人為何要在這種地方設陷阱，把小鬼關進來。

到頭來，要求哥布林深思熟慮的人更愚蠢。

撲向眼前的利益，直接搶走，玩弄到失去興致後，前往下一個地點。

那就是哥布林。

§

幸好，冒險者團隊從上空跳到其上，沙船也沒有翻覆。

雖然吃沙線上升了不少，船身也劇烈搖晃。

載著整個團隊，加上俘虜及龍牙兵，依然能輕快地於沙海航行，該說不愧是軍用品吧。

「真不敢相信！」

船上，妖精弓手還是老樣子氣呼呼的。

她狠狠瞪向鐵盔，豎起纖細修長的手指一指。

「一下水攻，一下用小麥粉炸，接著是把要塞弄垮，你這人到底是怎樣！」

「我記得我不只做過這些。」

「我不是那個意思！」

其他人懷著鬆了一口氣的心情，看著兩人交談。

大概是在想「結束了」。

他們也知道，妖精弓手的憤怒到頭來只是在鬧著玩。

礦人道士接下船長之責，沙船悠悠張開船帆，往遺跡前進。

女神官和女商人分頭為一行人救出來的少女防晒、治療傷口。

重新幫她們清潔身體，在傷口塗抹預防化膿的軟膏，纏上繃帶。

龍牙兵不知為何十分勤快地跑來幫忙，特別好玩。

「這種時候，最好不要操之過急。」

蜥蜴僧侶一屁股坐到地上，環視四周，語氣依然悠閒。

他一副「這樣就能活過來了」的態度，從乾糧袋裡拿出起司塊。

這麼說來——天色已亮。活動了一整晚，女神官不經意地把手放在肚子上。

她現在才發現自己餓得不得了。

「因為他們八成以為貧僧等人已經逃至遠方。」

大口咬著起司的模樣令人羨慕，女神官也跟著搜起行囊。

——在那家酒館喝到的飲料跟吃到的魚，很美味呢。

有時間的話，應該能嘗試更多料理。

她邊想邊拿出餅乾，用木槌敲碎。

烤得硬邦邦的乾糧，不用槌子就敲不碎。

「然後趁追兵擴展搜索範圍時，再殺進內側……」

「……我們的情況是要突破包圍網薄弱的地方，回到自己的國家對吧。」

「然也，然也。」

蜥蜴僧侶上下擺動長脖子，大叫甘露，女神官也跟著開動。

她跟女商人一同分享手帕上的餅乾，放入口中。

女商人優雅地啃餅乾的模樣有點像松鼠，相當可愛。

女神官忍不住輕笑，她疑惑地歪過頭。

「怎麼了嗎？」

「不，沒什麼……」

她又咬了口餅乾，以掩飾內心的想法。對疲憊的身軀來說，甜味令人心曠神怡。

仔細一看，哥布林殺手也從雜物袋裡取出肉乾，粗魯地塞進鐵盔。

妖精弓手在吃果乾，礦人道士則喝了口酒，吐氣。

船上瀰漫放鬆、慵懶的氣氛。

女神官透過這兩年學到，冒險後往往是這個氣氛。

——雖然故事經常在英雄結束戰鬥、得到財寶時畫下句點。

冒險還有歸途。

例如煩惱該如何搬運堆得跟小山一樣高的金銀財寶，或是疲憊不堪、極度想睡的時候。

可是，女神官至今從未見過財寶……

「喂，差不多要到遺跡囉。」礦人道士吆喝道。「上岸比較能好好休息吧。」

「你可不要喝酒開船，害我們觸礁喔。」

雖然我不懂船啦。妖精弓手調侃道，礦人道士回答「才不會」。

經過這麼一段對話，沙船快速往旁邊一滑，濺起飛沫，停靠在遺跡旁邊。

沒錯，這裡確實是陸地。

一下船，腳底便感覺到明顯與沙子不同的紮實觸感。

「嗯……」妖精弓手聞了下空氣。「這裡有草的味道。」

「聽說沙漠也曾經是肥沃的土地。」

蜥蜴僧侶緩緩下船，抖動身體。

好幾根石製圓柱於前方林立，原來如此，是遠古的神殿或某種建築物——吧。

如今已被岩塊及瓦礫掩埋，只能隱約看出過去的痕跡。

「正好休息一陣子，等太陽下山。」

哥布林殺手粗略觀察了一下環境，放心地吐氣。

他們從昨晚熬夜到現在。

儘管沒有明言，眾人明顯都累了。

幸好附近有水源。足夠讓他們補充水分、擦拭身體，休息到太陽下山。

屆時再移動到這個國家的國都或其他城市即可。

冒險結束。剩下的時間就是用來慢慢休息……

「……欸。」打斷女神官放鬆的，是妖精弓手尖銳的語氣。「你們有沒有聞到一股怪味？」

「……？」

經她這麼一說，女神官也抬起頭聞周圍的味道。

「我聞不太出來耶……？」

「不是妳剛才說的草或花嗎？」

礦人道士從旁插嘴，她回道：

「不是啦。之前不也有過嗎？我們三個第一次一起冒險的時候！」

女神官不知道她在講什麼，礦人道士和蜥蜴僧侶卻並非毫無頭緒。

兩人繃緊神情，蜥蜴僧侶迅速握住龍牙觸媒。

「硫磺味？喂喂，是魔神嗎⁉饒了我唄……！」

礦人道士像在哀號般呻吟道，拿起酒壺大口灌下，擦掉嘴角的酒。

看起來像在自暴自棄，但為了打起幹勁，酒也是必須的吧。

「魔神？」

用不著徹底掌握狀況，哥布林殺手也一樣拔出了劍。

女神官效法他拿著錫杖起身，用手拍掉腿上的餅乾碎屑。

——魔神……

她也曾經與魔神對峙過。在那座最恐怖的迷宮中發生的事，至今依然無法忘懷。

「是那個……只有手臂的化身，之類的東西嗎？」

「認識兩位前，貧僧等人與下級魔神交手過。」

認識兩位後，也在其他冒險中遇過一、兩次。蜥蜴僧侶喜孜孜地露出利牙。

「這次沒有金剛石之瞳。哈哈哈，想必會是正面對決……！」

「現在是講這些的時候嗎？誰會想一直遇到魔神！」

妖精弓手不耐煩地說，彷彿在樹梢上奔跑，輕快地移動到石柱上。

要拿弓瞄準目標，待在高處顯然更有利。

蜥蜴僧侶見狀，緩緩搖動長脖子。

「不不不。魔神可不會在日正當中之時出現。」

「那到底是——」

女神官正想回問。

劇烈的地鳴襲向整座遺跡，推測曾經是祭壇的廣場向下崩塌。

地面開出的大洞，首先冒出金色的光。

令人目眩的金銀財寶及武器從天而降，飛散四周。

鎮座於財寶山上的，是類似於惡劣玩笑的存在。

展開來的雙翼遮蔽天空，覆蓋全身的鱗片比鋼鐵更加堅硬，尖齒利牙比騎士的名劍更加銳利。

蘊含硫磺及瘴毒的吐息灼燒天空，其智慧輕易超越了森人賢者。

「GOOROGGOBOG！」

背上是得意洋洋的醜陋小鬼——載著地上最弱怪物的真紅巨大身軀。

活在四方世界的有言語者，無人不知無人不曉。連嬰兒都不例外。

地上最強的生物是？

遇到這個問題，根本不必迷惘。

「——紅色的龍(Red Dragon)!?」

從地下牢(Dungeon)發出的撼動天地的咆哮，就是答案。

──為什麼會變成這樣……!?

士兵長在逐漸被混沌(Chaos)暴風吞沒的要塞內拚命奔跑，呻吟出聲。

即使稱不上一帆風順，應該還算順利啊。

讓小鬼繁殖，飼養他們，當成兵力──想到這個主意時，他彷彿得到天啟。

苗床或食物的部分，只要去買奴隸或當人口販子，即可省下不少錢。

多到可以用完就丟的戰力。無數的軍勢。有了這群小鬼，連戰爭都贏得了。

對宰相提議時，他記得很清楚，宰相對他投以極為輕蔑的目光。

被宰相帶來閱兵的公主，看都不看士兵長一眼。

隨著小鬼愈變愈多，士兵們看他的眼神也轉為看待髒東西的眼神。

真是屈辱。自己為了國家不惜弄髒雙手，為何沒人理解他的志向？

「嘖，你們給我讓開！」

士兵長揮下彎刀，慘叫聲響起，鮮血噴出。不關他的事。

大喊著「發生什麼事」的士兵，還有小鬼，對他來說都一樣，是阻擋在前方的障礙。

如今宰相握有國家的實權，那麼身為他的心腹，第二偉大的不就是自己嗎？

總有一天把那個礙眼的宰相除掉，制伏公主，立於頂點的就是自己了。

擁有知識，也擁有智慧；擁有吟詩作對的教養，也理解風雅之趣；劍術戰術同樣難不倒自己。

——可是，為何沒人認同我！

他用充血的雙眼睥睨周遭，嘴角噴出白沫，在要塞裡猛衝。

士兵長得知小鬼造反時，是在準備去歡迎異國女商人的時候。

整理好儀容，講一兩句好聽話建立關係，拿她當需要時可以拿來利用的棋子。

用來達到目的的王牌也準備好了，照理說一切都很順利。

小鬼卻造反了。

肯定是那個女商人指使的。別國派來的奸細。換言之這是戰爭。

「開戰了！你們知不知道！開戰了！」

再怎麼怒吼，都沒人聽進去，而這更加刺激了士兵長的怒火。

——士兵靠不住！

沒錯，結果還是該由自己出馬。事到如今他早該明白，能相信的只有自身的才能。

哥布林應該遲早能鎮壓住，雖然遭到了偷襲，士兵終究比小鬼更強。

問題在那之後。會開戰。不會錯。必須在那場戰爭中立下功績。

既然如此，只能祭出那張王牌了。王牌就是要拿來使用。

他還沒輸。獲勝就行了，贏了就能得到一切，國家的財寶、權力及女人，統統包含在內。

甚至會被譽為天下第一，那個鳥人舞孃肯定也會跑來服侍自己。

他用要把門踹破的力道踢開房門，衝進其中。

「嘖，那東西在哪……！地圖，得找到地圖……！」

拉開書桌抽屜，倒出裡面的東西，在書架上亂搜一通。

從架上掉下來的酒瓶摔破了，弄髒引以為傲的毛毯，他也漠不關心。

偉大的男人才不會把這種小事放在心上，沒錯，正是如此。

「呃，長官。有件事想通知您，請問您現在方便嗎？」

然而，背後傳來妨礙他做大事的聲音。

「怎樣！有什麼事……！沒意義的報告就不用說了，現在要先──」

士兵長握住腰間的彎刀，想著乾脆直接砍了他，一面拔刀一面轉身。

接著，那雙瞪大的眼睛只看得見占滿視線範圍的鐵塊迎面飛來。

「去死吧，溝鼠。」

§

咚一聲，士兵長的眼窩被子彈命中，在空中轉了圈，仰躺著倒下。

密探拿掉衛兵的鐵盔，將還在冒煙的短筒槍放在肩上，吐了口氣。

「看吧?短筒果然是用來在極近距離射穿鎧甲，一發斃命的武器。」

「你都直接射頭，有差嗎?」

站在一旁的紅髮少女彆扭地調整好鐵盔的位置，面露苦笑。

雖說是調換兒，她的雙耳仍比凡人還要長，或許是鐵盔卡到了。

最後她似乎放棄了，脫下鐵盔搓搓耳朵，催促密探：

「比起這個，這次的任務跟平常不同，得加快腳步。逃出去很花時間的喔?」

「不好意思。」接著，第三人。身材纖細的衛兵——侍奉知識神的少女微笑著說。「跑來當你們兩個的電燈泡。」

「……別講這種話了啦。」

紅髮森人板起臉別過頭。

看見她紅通通的長耳，知識神神官笑出聲來。

「我就當成是鐵盔害的吧。」

「就叫妳別這樣了。」紅髮森人不悅地說。「把妳的工作做好。」

「那麻煩幫我注意周遭囉。」

不打算惹同性的友人兼夥伴生氣，神官輕輕跳過士兵長的身體。

這時，知識神少女瞥見從男人頭部噴出來的眼球蓋下的印章，皺起眉頭。

說實話，她也會不安。平常都是把事情交給兩位前鋒處理。

——但這叫各司其職，所以我也不會覺得不好意思。

她鮮少與兩人共同來到現場，不開個幾句玩笑實在受不了。

「抱歉啊，這邊的文字我實在看不懂。」

「大家都不夠用功啦。」

神官對拿著連弩戒備的密探說道，撿起散落一地的文件。

數量不只一、兩張，而且每張紙上的文字量都很多，想找到目標物得費一番工夫。

——所以偉大的神啊，麻煩您囉。

「『蠟燭的守衛啊，請在十乘以一百(Googol)次的光芒中，找出我所尋找的那盞燈』。」

她握緊掛在衛兵服底下的聖印，祈願「檢索(Search)」的神蹟。

腦海瞬間閃過文件的項目，不久後便感覺到有光亮了一下。

「……嗯，就是這個。」

她跨過被毛毯吸收的酒與腦漿，撿起數張掉在房間深處的文件。

看來那些文件記錄了這個國家的機密，是關於都城的情報。

平面圖——而且還是最新的。從密道到各種情報——或者該說是宰相的企圖，都記得一清二楚。

——我個人是很想統統看過啦。

如貓般的好奇心，在侍奉知識神的少女心中躁動不已。

然而，該知道的她已經知道了。最好不要再探求更多工作上相關的事。

神官將文件捲起，放進圓筒牢牢封住。

不過，聊個天應該沒問題吧。神官缺乏表情的臉上，浮現一抹淺笑。

「是說，委託殺人的雇主不曉得是誰。」

「誰知道呢，這傢伙大量購買的奴隸親屬，或是被抓走的人裡面有身分高貴的人吧……」

密探對她說聲「辛苦了」，神官點頭回應。旁邊的紅髮森人開口說道：

「四處結仇，就是會變成這樣。」

這句話和平常的她比起來，顯得莫名冰冷。

密探聳聳肩——知識神的神官則想像起各種理由。

稀有的調換兒，而且還擁有魔力。不顧顏面的人口販子。遭到牽連的友人。

世界分成掠奪者、遭到掠奪者，以及倖存者三種。

——算了算了。

全是她自以為是的揣測，沒有證據也沒有根據，再說，這可是踏入友人內心的行為。

從事這種地下行業的理由，要怎麼想像都可以。

靠禁術彌補失去的肉體的密探；幫認識沒多久的女人扛下債務的御者。

以及不知為何不肯露面的魔法師，願意捨身幫助總是面帶輕浮笑容的中間人的理由。

然而，就算不論這些，他們依然相處得很好。她覺得這是個好團隊。

說到這個，知識神的神官投身於影之世界的原因，也是謎團重重。

她自己也沒提過理由，大家也都不曾過問。

既然如此，自己也想尊重大家，必須尊重。

「我這邊搞定囉。」

「好。那……『暗影（溫布拉）……精製（法柯）……統一（席米雷）』。」

紅髮森人低聲念咒，輕輕碰觸自己的影子。

影子聽從細不可聞的真言，帶著質與量膨脹起來，變成擔架的形狀。

真方便。在能帶在身上的裝備有限的情況下，就更不用說了。

「『魅惑(Charisma)』的效果還在，趁現在弄一弄吧。」

「好。」

密探點頭，用經過法術強化的手臂輕鬆扛起士兵長的屍體，放上擔架。

然後隨手扯下窗簾，蓋在士兵長身上。

「一名傷患做好囉。」

接下來只要光明正大從正門出去，搭乘在外頭待命的御者的馬車逃走即可。

正因為他們現在處於混沌、亂成一團(Cluedo)的狀況下，做事才該更加細膩(Technical)。

「那另一邊由我抬。」

「麻煩妳了。」密探對繞到後面的森人點頭。

他單手抓住擔架的握把，另一隻手穩穩拿著連弩。

「裝個樣子就行。」

——哎，以他的力氣，用不著別人幫忙吧。

打擾人家也不好。知識神的神官心想，瞇起眼睛微笑。

房間裡也有斧槍(Halberd)、鐵盔等看起來可以帶到外面賣的東西——不過算了。

「這裡有傷患！讓開！」

就這樣，他和她用擔架抬著屍體，衝到走廊上。

推開士兵，用連弩瞄準通道前方，一面前進，不時射殺小鬼……

與裝備繁雜的團隊擦身而過時，紅髮森人「啊」了一聲。

她的視線似乎在其中的嬌小女神官——大概是地母神的——身上停留了一下。

「怎麼了嗎？」

密探開口詢問，紅髮森人搖頭回答「沒事」。

她輕聲在口中為她祈求幸運，密探肯定也發現了。

然而，神官及密探都沒有責備她。有想為之祈禱的對象，是一件好事。

「噢……」

震動聲忽然傳來，走廊——不，整座要塞都在劇烈搖晃。

密探扶著森人拿起連弩，神官也在同時閉上眼，意識瞬間飛到空中。

「……哇。」

她忍不住驚呼。呃，畢竟，這可不是隨隨便便就辦得到的事。

「那些冒險者好像叫來了沙海鷂魚，沙海鷂魚喔？你們相信嗎？是沙海鷂魚耶？」

「太亂來（Glitched）了。」密探說。「真是毫不留情。」

「要是繼續在這邊發呆，連我們都會被活埋。」

真是大手筆。紅髮森人輕笑道。

「剩下的工作，是要把這份文件送到對吧。」

知識神神官看起來對此沒什麼興趣，一面把玩文件筒，一面咕噥。

正確地說，是因為不快點交出去，她會忍不住想拿來看。

「知道收件地點嗎？」

「嗯。」

密探笑了，和他目光交會的紅髮森人也笑了。這也是個謎團，雖然解開這個謎團稍嫌不識趣。

「我們之後要做的只有去那邊，把東西送到，回來，拿錢，回去。」

這座要塞的其他士兵下場如何、這個國家下場如何，都與他們無關。

他們是收錢幫忙索命的非正派、殺手、奔走於黑影中的黑手。

並非正義的夥伴，也不是立志改革世界的那些人，而是流浪者。

只會蟄伏在影子底下，做事萬無一失，死了也沒人會幫忙收屍。

龍(Dragon)這種生物，就該交給冒險者或英雄對付。

龍。

關於得到這個名字的怪物，已經不知道該從何說起。

撼動天地的咆哮。閃耀真紅光芒的鱗片。充滿硫磺及瘴毒的灼熱吐息。銳利的爪、爪、牙、尾。

擁有足以與一國國庫匹敵的財寶，智謀凌駕賢者，擁有永恆的生命。

四方世界最為強大的生命體之一，阻擋在冒險者們面前。

「GROOGB！GOORGGBBB！」

背上騎著正在嘲笑他們的小鬼。

「……惡劣的玩笑。」

不能怪哥布林殺手忍不住咒罵。

下一刻，暴躁的紅龍甩動長脖子，這一擊連著周遭的石柱一同襲向冒險者。

他們立刻跳開來，逃過一劫，飛散的瓦礫及金幣卻跟落石一樣從天而降。

「GGOOGRGGBB！」

看見他們有的舉起盾牌，有的低下身子閃躲碎片，小鬼騎士不懷好意地大叫。

小鬼使勁往四面八方扯動韁繩，每扯一下，龍都會氣得不停扭動身軀。

妖精弓手跳到旁邊的石柱上，忍不住用上森人不該有的語氣抱怨：

「身為龍，就不要被區區哥布林操縱啊……！」

「哎呀，他想必覺得自己正在駕馭龍吧。」

在這種狀況下，蜥蜴僧侶卻極其悠哉，或者說透出一絲興奮，用尾巴拍打大地。

「貧僧倒認為那頭龍絲毫沒把他放在眼裡。」

「長鱗片的，不能用念話（Communicate）想點辦法嗎！」

「哈哈哈，面對剛從睡夢中甦醒，不打算與人交談的對象，以貧僧這點程度的祈禱——」

「可是，竟然要我們跟龍戰鬥……！」

女神官脫口而出的不是喪氣話，而是針對狀況的分析。

屠龍者（Dragon Slayer）！獵龍者（Dragon Hunter）！滅龍者（Dragon Valor）！

那是在英雄傳說中最為榮譽的武勳。

過去有眾多冒險者向其宣戰，打倒龍的卻屈指可數。就是如此艱難。

© Noboru Kannatuki

歷經在沙塵之國的冒險，於疲憊之際跑去挑戰龍，無異於自殺。

雖然冒著危險才叫冒險，但那並不代表勉強、亂來、魯莽行事。

「半吊子的攻擊不會管用。」

小鬼殺手判斷必須掌握戰場的主導權(Initiative)，迅速評估局勢，低聲沉吟。

「我想只能採取速攻，你怎麼看。」

「同意。」蜥蜴僧侶即刻回答。「貧僧等人連續經歷數場戰鬥，體力同樣消耗了不少。」

「而且法術資源(Resource)也剩不多。雖然我不太喜歡一開始就拿出全力。」

礦人道士打起所剩無幾的幹勁，手插在觸媒袋中皺眉。

「『石彈(Stone Blast)』這種程度可奈何不了牠喔。」

「那麼……」

閃電(Lightning)。

女神官在心中呢喃。女商人因緊張、恐懼、覺悟而繃緊神情，點頭。

「我，試試看……！」

敵人近在眼前，不可能一直召開作戰會議，冒險者們立刻開始行動。

「哇……啊啊啊！」

再說一次，雖然冒著危險才叫冒險，那並不代表勉強、亂來、魯莽行事。

然而，沒人有資格否定鼓起勇氣衝上前的女商人。

何況是與龍為敵的那一刻，又有多少人有這個膽量呢？

「我支援妳！」

妖精弓手大聲吶喊，在遺跡內奔跑、射箭，吸引敵意（Hate）。

當然，雖說是牽制，她依舊以殺敵為首要目標。瞄準龍眼和小鬼騎士，可惜威力不足以貫穿鱗片（Armor Class）。

女商人趁機用雙手結起複雜的法印，想像雷電。

她將注意力集中在法術上，緊咬下唇，用嚇得臉色蒼白的臉瞪著龍。

不，或者說——是騎在龍背上的小鬼。

「特尼特爾斯（雷電）……歐利恩斯（發生）……雅克塔（投射）！」

炙熱的雷電咆哮著從結好法印、伸向前方的那隻手迸出。

電光如蛇般蜿蜒著射向龍，哥布林殺手沒有放過那一瞬間。

「喔喔……！」

他反手讓劍在掌中轉了一圈，一步兩步三步，抬手將劍擲出。

瞄準小鬼的刀刃以刺眼的白光做為障眼法，斬裂天空——

「……啊啊!?」

雷電被彈開了。想必是龍鱗或寄宿於龍眼中的法力所致。

接著牠隨便一拍翅膀，像在打蒼蠅似的，擊落小鬼殺手的劍。

「嗚……!?」

然後，紅龍咆哮了。

響徹四周的巨響彷彿要將剛才的雷鳴掩蓋，撼動大氣。

硬是用皮手套演奏弦樂器，或許會與這聲咆哮有幾分相似。

然而，那駭人的壓力輕而易舉讓女商人腿軟，癱坐在地。

「嗯……！」

哥布林殺手則飛奔而出，果然是銀等級冒險者的膽量使然吧。

或者是師父教他「總之先去做」，而他一直實踐至今的結果。

無論如何，他趕上了。

他一把撈起發出細微呻吟聲，瑟瑟發抖的女商人，衝到財寶山後面。

「哇!?」

接著無視她的尖叫，用身體蓋住她，背後颳起一陣暴風。

龍的喉嚨、胸部劇烈膨脹，伴隨彷彿要將大氣盡數吞沒的龍捲。

「……!?」

連女神官都明白這個動作代表什麼。

她舉起錫杖，搖搖晃晃地走上前，腦中浮現祈禱的話語。

可是——

——來不及……！

現實就是這麼殘酷。憑一個小丫頭的行動，很難掌握戰鬥的主導權（Initiative）。

龍張開大嘴，連在嘴裡積蓄的耀眼光芒都看得見。

那是無法逃離的死亡。

再怎麼努力，於四方世界都找不到能防禦住它的存在。

英雄的鎧甲、白堊城牆，想必都會在轉眼間燒成焦炭——不，溶解得不留原形。

女神官的額頭滲出汗水，雙手顫抖。儘管如此，她仍衝到龍身前，試圖祈禱——

「『二角的小龍（Dilopho）啊，在吾之吐息上，纏繞寄宿於臟腑的虛假瘴毒！』」

敏捷如猛獸的巨大身軀阻擋在前方。

蜥蜴僧侶大吼一聲，在肺泡積蓄吐息，使出渾身的力量吐出那口氣。

「嘎啊啊啊啊！」

龍之吐息（Dragon Breath）與灼熱的呼吸激烈衝突。

發出白光的高溫瘴氣，以凌駕於紅色死亡之風的速度在遺跡中肆虐。

蜥蜴僧侶正面迎戰，但連他都明顯趨於劣勢。

牢牢踩在地上的腳逐漸被推向後方，鱗片一點一滴被毒素侵蝕、剝落。

「唔、唔……!?」

「糟糕……！」

這次，女神官趕上了。

他在沸騰的灼熱大氣中奔跑，毫不介意手掌會被燙傷，扶住蜥蜴僧侶的背祈禱。

「『慈悲為懷的地母神呀，請以您的御手撫平此人的傷痛』……！」

喔喔，地母神的加護在此！

用聖壁（Protecion）的話，恐怕保不住自己的性命。那位舞孃吟唱的詩歌閃過腦海。

然而，只有地母神的力量，可以抵抗玷汙大地的龍毒。

神的奇蹟回應虔誠信徒的祈禱，守護蜥蜴人（Lizardman）強者的身軀，將傷口治好。

本以為連骨頭都會腐朽的肉體馬上取回力量，踩穩大地。

「哈哈！與父祖的『核擊（Fusion Blast）』相比，這點程度根本不痛不癢！」

但在龍的吐息歇止後，氣勢洶洶地站在煙霧中的身影，仍然遍體鱗傷。

不過，他背後有拚命支撐自己的少女，有夥伴們在。

無謂的死亡與敗北，會讓蜥蜴人蒙羞。面對此等強者，也不該使用武器。

蜥蜴僧侶意氣風發地揮動爪爪牙尾，狂吼著向龍宣戰。

「『喔喔，高尚而惑人的雷龍（Brontos）啊，請賜予我萬人力』！」

蜥蜴人發出怪鳥聲撲向前方，四肢與紅色龍爪劇烈碰撞。

但那也只有一瞬間。父祖之力並非永久持續。

再年輕的龍終究是龍。若以蜥蜴人的實力便能與之抗衡，哪還稱得上龍。

女神官調整呼吸，跑回後方，努力不讓他爭取的時間白費。

不曉得是因為她請求了最後的神蹟，還是龍的吐息所致，眼前忽明忽暗，非常模糊。

無法順利吸進空氣，手腳陣陣發麻，最後還差點跌倒。

「GOOROOGGBBB！」

八成不理解狀況的小鬼發出刺耳的笑聲，令人十分不悅。

女神官用泛淚的雙眼倚著錫杖站立，瞪向小鬼。

她的眼淚本來就不是出於恐懼。而是為了抵抗痛苦，生理性的流淚。

——我才不怕。

「還好嗎!?」

呼喚女神官的妖精弓手已經踩著石柱，躍向小鬼殺手及女商人身邊。

她不停射箭，好爭取讓兩人起身的時間，並援護蜥蜴僧侶。

但樹芽箭被鱗片彈開，即使有碰巧射中的箭矢，也無法對牠造成傷害（Damage）。

想瞄準小鬼騎士，箭卻會在龍拍動翅膀時被震飛。

哥布林想必以為那是自己的指揮換來的結果，沾沾自喜……

妖精弓手咬緊美麗的牙齒，轉頭望向礦人道士：

「不能用礦人的法術想點辦法嗎!?」

「不管是『酩酊（Drunk）』還是『惰眠（Sleep）』，效果都得看敵人的體力而定啊……！」

他的回答卻很冷靜。

礦人道士將手伸進裝滿觸媒的袋子裡，並未施展「石彈（Stone Blast）」，而是冷靜地睥睨戰場。

八成是看「閃電（Lightning）」都無效了，判斷憑自己的法術很難突破困境。

所剩無幾的法術要在何時、如何使用，可以說關係到整個團隊的命運。

未經思索就念咒，不可能活得下來。

「就算讓小鬼睡著，龍一動他就會醒。小鬼睡了，龍跟著一起睡這種事，也不可能發生。」

「那只以龍為目標呢!?」

「小鬼會拳打腳踢把龍弄醒吧。」

——既然如此，該如何是好？

哥布林殺手為背上的灼燒感呻吟著，緩慢起身。

四肢沒有受傷，看來雖說是剛睡醒的龍，似乎沒有神智不清到會連財寶也一起燒掉。

感覺得到痛代表他還活著，還能動。不成問題。

「沒事吧。」

「對、對不……起。」

前一刻還被他壓在地上的女商人身體僵硬，用微微顫抖的纖細聲音回答。

剪短的頭髮、質料高級的衣裳、掛在腰間的輕銀劍，都沒有被燒到。

師父曾說人體可以當成火焰或爆炸的遮蔽物，果真不假。

哥布林殺手誠心感謝師父，抓住女商人的手臂將她拉起來。

與龍為敵，我方仍未受到傷害。以凡庸的自己來說，已經做得不錯了，當然不是只靠他一個人的力量。

「不過，沒時間了……嗎？」

他搖晃鐵盔，維持意識清晰，確認戰況。

蜥蜴僧侶雖然在壓制紅龍，但肯定撐不住下一次吐息。

再說，目前他們還活著，只不過是因為龍才剛睡醒吧。

——那隻龍不會保護小鬼。

哥布林殺手下達結論。龍不可能被區區小鬼操縱。

除非有流著龍血的小鬼，這種超脫常識的生物。也就是說，結論只有一個。

——**牠想把小鬼甩下去**。

沒錯，小鬼騎在紅龍背上大叫，導致龍覺得吵，從睡夢中甦醒。

但這並不代表只要置之不理，或轉身逃開就能解決問題。

龍一旦完全清醒過來，想必會咆哮著將小鬼擊落，殺光冒險者。

下一個成為牠餌食的，就是從哥布林繁殖場救出的少女們。

——簡單來說，問題始終出在小鬼身上。

「殺掉哥布林，就能讓龍睡著嗎？」

「對，我會想辦法！」

「行。」

礦人道士用力拍胸，接下這個任務，哥布林殺手點頭。

身體處於疲憊狀態。法術剩沒幾次。武器沒了。有同伴在。背後是俘虜。敵人是小鬼。戰況不利。

——那又如何。

天上彷彿傳來擲骰聲。他低聲沉吟，管他的。

——剩下全看要做還是不做。

他從腰間的雜物袋中取出活力藥水（Stamina Potion），拔出塞子，從鐵盔縫隙間一口氣灌入口中。

儘管只是喝來求心安的，聊勝於無。他扔掉瓶子，卸下腰帶上的雜物袋。

「知道用法吧？」

「咦，哇……」

面對扔過來的雜物袋，女神官措手不及，慌張地用雙手穩穩接住。

是他的裝備。他把裝備交給了自己。這件事令手臂不自覺地湧現力量。

「……是！」

「交給妳了。」

女神官用力點頭，他用粗糙的護手拍了下女商人的肩膀。

不曉得是基於緊張還是恐懼，少女有點愣住，猛然回神，繃緊身子。

哥布林殺手透過面罩縫隙，凝視那因不安而動搖的雙眼。

「──哥布林就該全部殺光。沒有任何變化。」

女商人嚥下一口唾液，雙手握拳，以抑制住顫抖。點頭。

「我明白了。」

「好。」

這樣就好。接下來該做的事簡單明瞭。殺掉小鬼。只需要考慮這個。

哥布林殺手望向與龍交戰的蜥蜴僧侶，以及夥伴們。

「由我上……支援我。」

「——打算對付龍是吧！沒問題，這下有趣起來了！」

哥布林殺手和妖精弓手，幾乎在同一時間於金幣四散的地面向前衝。

然而，上森人輕而易舉超越全速飛奔的凡人，跳上一根又一根的石柱，瞄準目標。

她從箭筒裡抽出三支箭，如字面上的意思接連將其架在弦上，射出。

速度比聲音更快的箭矢，在空中描繪出不合常理的軌跡，射向龍的眼睛、喉嚨、背上的小鬼。

但每支都無法突破紅龍的防禦。

對龍來說，傲慢的箭和背上的小鬼，想必都跟小蟲子沒兩樣。

箭矢被暴躁地扭動的身軀、鱗片隔絕在外，發出清脆聲響彈開。

——這種時候，真想要礦人做的破風弓和鐵箭……！

忽然閃過腦海的念頭，對森人來說完全是一時被沖昏頭才會有的惱人想法。

「礦人，你在做什麼啊！」

「囉嗦，我們有我們的戰鬥方式！」

妖精弓手半是遷怒地大吼，回應他的是跟過去一樣的臺詞。

然而，礦人道士額頭滲出汗水，看得出他的注意力正集中到了極限。

他正準備對龍施法。乾坤一擲。此時不拿出全力，更待何時？

沒有餘力——然而，那僅限於冒險者。龍不一樣。

嘶。沙塵揚起，大氣捲起漩渦，妖精弓手抖動長耳。

「唔、喔……喔……！」

雖說「擬龍(Partial Dragon)」的神蹟仍在持續，血液依舊自蜥蜴僧侶的全身噴出。

儘管如此，蠻族戰士還是愉快地放聲大笑，與之對抗，不過，很快就要結束了。

紅龍張開大嘴，開始將空氣吸進肺泡。

——龍的吐息！

要是再被這招命中，蜥蜴僧侶自不用說，冒險者團隊也不可能安然無恙。

沐浴在瘴毒及高溫下的肉體，想必會活生生地潰爛，就這樣命喪黃泉。

上森人——擁有永恆生命的妖精末裔亦然。

面對緊逼而來的死亡，她同樣會感到恐懼。即便如此，她也沒有逃避，舉弓拉緊弓弦。

該瞄準的地方是。該瞄準的地方是——……！

「瞄準口顎！」蜥蜴僧侶大叫。「咬合力暫且不提，貧僧一族張嘴的力道並不大！」

方。

「──看、我的──！」

妖精弓手迅速抬頭仰望高空，使盡全力射出箭矢。

與此同時，她帶著一陣風往地面一蹬，衝往積蓄刺眼白光的龍嘴──的正下方，滑到龍嘴下方，再度翻身躍起時，她的手已經準備好射出第二支箭。

「喝啊啊啊！」

妖精弓手發出氣勢十足的吆喝，朝正上方射擊，如願頂起龍的下顎。

不知道她是何時在其上落下一吻的，樹芽箭頭不再只是細枝，早已開花結果。

同時，天空降下流星般的高拋箭，用力砸向龍的上顎。

被迫閉上的龍的**下巴**內，發生了爆炸。

「GOORGBB!?」

龍背上的小鬼被從牙齒縫隙間溢出的火焰燒到，哀號著甩動韁繩。

龍不可能死於自己的火焰，帶有瘴毒的火花也不足以致命。

但這對於哥布林──對自認誰都無法對自己出手的哥布林而言，並非如此。

「GOROGBB!?GOOROOGBB！？！？」

哥布林殺手直盯著他，埋頭猛衝。

他壓低身子，閃掉瘋狂肆虐的龍撞飛的瓦礫及財寶，筆直向前。

——頭盔令人呼吸困難，圓盾很重。

很久很久以前聽姊姊講過的某位國王的敘事詩，忽然閃過腦海。

國王挑戰的不是龍，而是神的化身。真想要他萬分之一的勇氣。

哥布林殺手毫不猶豫地扯下圓盾，直接扔掉。現在需要的，是速度及靈活度。

鐵盔不拿下。即使會遮蔽視線，千萬不能在這個當下傷到眼睛。

目的只有一個。殺掉哥布林。手段呢？口袋裡要多少有多少。

哥布林殺手抓住插在財寶山裡的一把無名魔劍，將其拔出。

刀刃回應了歷經數不清的歲月才握住他劍柄的戰士，閃耀金色光芒。

「趁……現在！」

少女們行動了。

一直在關注戰況，伺機而動的她們，動作稱不上迅速，卻十分俐落。

女商人衝到龍身前，將靈魂注入雙手結的法印之中。

遙遠的往昔，某位勇士擊倒邪惡的大魔法師，或是從地獄出現的魔神的一擊。

她告訴自己這一招不可能對龍無效，用因恐懼及淚水而模糊的視野捕捉敵人。

「我配合妳！」

女神官跑到她旁邊，手裡抱著雜物袋。尊敬的老師託付給她的裝備。

她知道自己該抓住什麼。曾經救了自己一命的，那個道具。

「是！」

女商人看了女神官一眼，用力點頭。一、二……！

「特尼特爾斯（雷電）……歐利恩斯（發生）……雅克塔（投射）！」

「嘿——！」

女商人伸向前的手掌迸發紫電，一只大瓶子同時從女神官的手裡飛出去。

閃電往四面八方投射，其中一道擊碎瓶子，黑色的黏稠液體從中溢出。

濺在龍臉上的黏液，下一秒便熊熊燃燒起來。

正是美狄亞之油，或者說是石油、伊拉尼斯坦之火，也就是……

「可燃之水！」

就算是紅龍也受不了眼睛上有火焰在燃燒，又被雷電貫穿。

紅龍的咆哮有如粗魯地彈奏弦樂器時發出的聲音，長脖子劇烈掙扎，不停晃動。

牠當然不會有多餘的心思留意自己的背部。

「喔喔……！」

哥布林殺手沒放過這瞬間的機會。

他練習過很多次。地面牢固，射線暢通，劍的重量確認過了。剩下只需要動手。

© Noboru Kannatuki

人稱小鬼殺手的冒險者，使出渾身解數投擲手中的無名魔劍。

雖不曉得這把劍是何人鍛造的，對方得知這個結果，肯定會相當滿足。

長久以來，塵封在龍之寶山裡的那把劍，在久違的戰鬥中充分發洩了怒火。

即使敵人是紅龍，抑或小鬼，不背叛主人才是身為武器的榮譽。

儼然是呼喚日出的一擊，宛如金色曙光的一閃。

魔劍化為一道光，咬住小鬼的喉頭將其貫穿，將他的頭連同身體咬碎。

小鬼騎士肯定直到最後一刻，都沒發現自己死了。

因為連首級從刺進石柱的刀刃上滾落的瞬間，他都還在大叫。

「這死法……對哥布林來說太奢侈了。」

哥布林殺手看著騎在龍背上的小鬼身軀倒下、墜落，不屑地說道。

而下一步棋，已脫離哥布林殺手的掌控。然而，他確信。

「『無盡之物，死亡之弟沙男(Sandman)啊。以一首戲曲為交換，用沙子守護夢與我等』！」

據他所知，最可靠的施術者，不可能會在這個關鍵時刻出錯。

礦人道士從袋子裡拿出一捆白紙撒出去，周圍的沙塵捲起漩渦。

沙塵描繪出巨大的螺旋，轉眼間吞沒紅龍。

緊接著，紅龍巨大的身軀開始往一旁傾斜。

被爪牙劈砍、被箭矢直擊、沐浴在閃電與可燃之水下，依舊毫髮無傷的紅龍。

那具身軀如同被風吹動的大樹，緩緩移動，終於——倒下了。

跟出現時一樣，被吸進遺跡正下方開出的大洞。

而證明巨大身軀沉入暗黑深處的地鳴，的的確確從地底響徹四周。

紅龍敗北了。

冒險者們竭盡全力戰鬥，才總算使紅龍陷入沉眠——……

§

「…………」

他們氣喘吁吁，癱坐在地上，沒能立刻理解現狀。

連巨龍的巨大身軀從眼前消失，疑似鼾聲的聲音撼動鼓膜，都還沒有實感。

即便等到他們終於理解事實，也沒有一絲喜悅之情。

每個人的身體都被黑煙及焦炭染黑，硫磺與瘴毒的臭味附著在身上，頭部隱隱作痛。

暴露在高溫下的肌膚乾燥不已，眼睛、喉嚨都傳來刺痛。

有人想立刻跳進河裡，也有人想大口灌酒，直接沉沉睡去。

哥布林殺手想回去。回去吃燉菜，然後睡一覺。

不，說不定這是一場夢。

他還以為自己一輩子都不會遇到這種事。

這應該只是孩童天真傻氣的夢想才對。

「……噢。」

這時，他想起來了。

沒有遺忘，不過在這場戰鬥中完全被拋在腦後，在那之前，他還在迷惘。

他撿起紅龍在戰鬥時剝落的一片紅鱗，手往腰間一摸，發現雜物袋不在身上。

「……來，還你。」

女神官帶有倦色的臉龐露出堅強微笑，小跑步到他身旁遞出雜物袋。

哥布林殺手說了聲「抱歉」，接過雜物袋，仔細收好龍鱗。

「你要拿它做什麼呢？」

「當土產。」

哥布林殺手簡短回答。

他不打算拿走龍的財寶。

據說只要偷走一枚金幣，龍就會為了搶回它而露出獠牙。

還聽過家臣的手下偷走杯子，害整個國家被龍燒掉，年邁的國王隻身前去屠龍的故事。

況且——他不會想要財寶。他已經夠滿足了。

重點在於，之前給她錢的時候，她不就生氣了嗎？

「雖然我已經託人送了個東西回去——除此之外，我想不到該拿什麼當土產。」

這句話成了契機。

緊繃的神經斷了線，氣氛一口氣鬆懈下來。

最先吐出一口大氣的，是仰躺在沙地上的妖精弓手。

「我還活著嗎？——還活著對吧。雖然有點不敢相信。」

「哎，勉強撿回一條小命。」

蜥蜴僧侶用十分悠哉的聲音說道——心滿意足地點頭。

父祖的力量已離開他的身體，身上的傷口血流不止。

但他看了反而面露喜色，以奇怪的姿勢合掌，向父祖致上謝意。

「哎呀，真沒想到貧僧這個後生晚輩，竟能蒙賜與龍對峙的機會！」

他喜孜孜地低聲朗誦禱詞，著手治療傷口。

對喔，你還剩一次法術能用——妖精弓手心不在焉地說，搖晃長耳。

「……這樣我們也稱得上屠龍者（Dragon Slayer）了？」

「這叫眠睡龍者（Dragon Sleeper）吧。一點都不威風。」

礦人道士一屁股坐在地上，語氣極為不悅。

再說剛才要是繼續打下去的話，哪可能贏得了龍。礦人道士咕噥著抱怨。

他拿起腰間的酒壺在嘴上一倒，好不容易才喝到最後一滴。

「回去後，還得把這次的冒險寫成詩。真是，頭痛得要命……」

就是因為這樣，我才不喜歡拜託沙男（Sandman）。他碎碎念著。

妖精弓手問「要不要我幫忙？」，礦人道士回答「不必」，一口回絕。

無關緊要的爭執，用不著多久就成了一如往常的大吵大鬧。

熟悉的對話，不知為何讓她非常想睡，女神官打了個小哈欠。

「……好累。」

女商人頹然坐倒在地，喃喃說道。

大概是沒力氣站起來了。沒有比「精疲力竭」更能形容這個狀況的辭彙。

女神官也深有同感，輕輕坐到她旁邊。

全身無力，又打了一個哈欠。

「我也是。」

「……在城裡住一晚吧。就這麼辦。我要去洗澡。絕對。」

聽見她的嘀咕聲，女神官輕笑出聲，點頭回應。

兩人並肩坐著，頭靠在一起。

她們已經連挺直背脊的力氣都沒有了。

靠著對方，互相支撐，近在身旁的女商人的體溫誘發睡意。

……難道沙男……還在嗎？

思及此，又是一個哈欠。

女神官揉了下眼睛，聽見蜥蜴僧侶開口大笑：

「不過繼小鬼之後，居然是龍吶。無論敵方指揮官究竟何許人也，真是一手壞棋。」

「……？」

女神官一頭霧水，聲音在口中糊成一團，她想問的是「什麼意思」。

「神代的警句。」

告訴她答案的，是把水袋塞進鐵盔縫隙間、大口喝水的哥布林殺手。

「我也聽師父說過。」

他說，在不好的棋子(Make)後面派出好棋(Make)，是種禁忌(Taboo)。

「不該在會輸的場合執著求勝，硬要打出王牌的意思。」

原來如此。女神官點頭。雖然聽不太懂，但她有種原來如此的感覺。

腦中一團混亂，毫無脈絡的思緒如同泡沫般浮現、消失。

——總有一天要去屠龍。

的。

她想起紅髮魔法師說過的話。不是森人。是那位令人懷念，只共同冒險過一次

拿劍的少年。黑髮少女。大家連打好關係的時間都沒有，但她確實說過。

那是某種約定，也是願望，是希望。

「警告的話語，我也知道喔。」

總有一天。總有一天，一定，所以。所以……

「──千萬別對龍出手。」

屠龍對她來說，還太早了。

第７章

『向前邁進』

One Jump Ahead

「我想他們應該正在經歷這樣的冒險！」

「嗯……」

櫃檯小姐笑咪咪地豎起食指，牧牛妹露出難以形容的表情歪過頭。

上午的冒險者公會——要前去冒險的人已經出門，反之則還在睡夢之中的時間。

原本人滿為患的櫃檯也變得沒半個人，櫃檯小姐應該很無聊吧。

因此，她們才會忍不住閒聊起來，牧牛妹倒是來這邊叨擾、喝茶聊天的。

——會飛的毛毯、油燈精靈、可燃之水、星之沙。

只有耳聞過，從未親眼見過的沙漠之國相當夢幻、不可思議，一千個晚上都說不盡。

牧牛妹下定決心，等他回來要叫他分享經驗給自己聽。

她有很多想問的——大概，也會有想跟他說的話。

因為那是很久很久以前，她就想對他做的事。

「哎，不管怎樣……只要大家平安歸來，就是最好的。」

畢竟異國又有沒有看過也沒聽過的怪物，櫃檯小姐微微皺眉。

不同於以往的冒險、不同的環境。意氣風發地踏上旅途的冒險者，再也沒回來的情況也很多。

冒著危險才叫冒險。

安全安心，保證能活著回來的，不能叫冒險。

「大家都是經驗豐富的人，我想不會不懂這個道理……」

話雖如此，等待的那一方還是會擔心。

櫃檯小姐帶著無精打采的微妙表情，拿起手邊的羽毛筆把玩。

牧牛妹也——非常能體會她的心情。

她不太瞭解冒險是什麼。

她望向在送食材到公會的過程中，慢慢認識的冒險者。

背著大劍的冒險者、扛著長槍的冒險者、戴著寬帽的魔女。

自己也受過他們的照顧，看到他們平安歸來，她不禁鬆了口氣。

因為會覺得，跟大家同等級的他也能平安歸來。

假如櫃檯小姐也跟她有同樣的感覺——

「我認為不必擔心喔？」

牧牛妹笑著說。

「哦？」櫃檯小姐眨眨眼。「為什麼？」

「昨天呀，我收到他託人送來的長瘤的驢馬。」

簡單地說，牧牛妹心情這麼好的原因就是這個。

他記得出門前那段瑣碎的對話。

而至少，在提出委託時他是平安的。

——……大可附上一封信吧。

但他卻附上了類似飼養教學的東西，在奇怪的地方很貼心。

「噢，是叫駱駝的動物。」

「**落坨**？」

聽見櫃檯小姐這句話，牧牛妹心想「落坨啊」。奇怪的名字。

長瘤的驢馬叫駱駝。本以為是童話故事中的生物，牧牛妹這輩子第一次看見。

等他回來再告訴他名字吧——雖然他可能已經知道了。

不過，該不會那個駱駝就是土產吧……

——不，他的確做得出這種事。

牧牛妹笑出聲來，看見櫃檯小姐一臉疑惑，連忙擺手。

「對了……」牧牛妹扯開話題。「……妳跟我聊了這麼久，沒問題嗎？」

「有問題。」櫃檯小姐笑容燦爛。「畢竟現在是我的工作時間。」

牧牛妹露出難以形容、模稜兩可的表情，試圖打馬虎眼。這個人原來也會這樣。

——她是貴族家的公主呢。

數年前的她，作夢都想不到自己有一天能跟這樣的人輕鬆交談。

「而且，今天我本來打算處理文件。」

要保密喔？她邊說邊偷偷拿出文件讓她看。

牧牛妹心想「我可以看嗎」，一面忍不住探出頭，窺見熟悉的名字。

是跟他共同行動的那名神官少女。

「這是……那個叫升級審查的東西？」

他接受過好幾次升級審查，才成了現在的銀等級，所以她知道。

然而，她是第一次實際看到文件，明明不太瞭解，仍然忍不住「哦——」地讚嘆出聲。

「本人好像還沒有自覺，但她的能力、經驗應該都足夠了……」

櫃檯小姐邊說邊整理資料，整齊地放在自己面前的桌子上。

「自覺這種東西，是自然而然就會產生的。」

「對呀。因為沒人知道自己能做到什麼地步。」

若能像訂貨單一樣列得清清楚楚，肯定誰都不用那麼辛苦。

牧牛妹稍微審核了一下自己的能力(Status)，發現毫無意義，哈哈大笑。

「她現在肯定在擔心能不能順利升級。」

「也有可能因為忙著冒險，根本沒那個心思顧慮。」

或許是。或許不是。

——等她回來時，這個人會用什麼樣的表情迎接那孩子呢？

一定是先說聲辛苦了，然後聽她分享冒險的見聞。一定全是哥布林。

然後……在最佳時機提到升級審查。

那孩子會大吃一驚，手足無措，惴惴不安，神情緊張……

——啊啊，這樣呀。

想著想著，連她都開心起來了。開心到不安的情緒快要煙消雲散。

「妳一直都是這樣等大家回來的嗎？」

「這個嘛……」

櫃檯小姐把手抵在脣上思考，接著點了下頭。

「……嗯。對呀。」

相信他們會回來，整理好冒險者回來後要用到的文件，事先做足準備。

牧牛妹喃喃說道「是嗎」。正是如此。

「那……我也這麼做好了。」

她緩緩起身。午餐時間將近，冒險者應該也快要多起來了。

不曉得是今晚還是明天，所以。嗯，雖然對舅舅有點抱歉。

「哎呀，要走了？」

「嗯……得回家做晚餐。」

她打算今晚煮一大堆燉菜，等他回來。

斷章

「新希望」

New Hope

Goblin Slayer

He does not let anyone roll the dice.

我在樸素的寢具中醒來時，已是雙月高高掛在天上的深夜時分。

夜晚的沙漠凍得我抖了下瘦弱的身軀，抱住單薄的肩膀縮起身子。

主人只有給我們一條薄毯子和貫頭衣，根本無法從皎潔的星光下保護身體。

項圈及鐵鍊的重量和冰冷溫度，使我不得不面對自身的處境。

狼狽不堪，慘到哭出來——但還稱不上最糟糕。

——嗯，雖然我一時之間還以為自己會怎麼樣。

與那群流浪者（Rogue）分別後，我立刻被人口販子抓住，賤賣出去……

——回過神時，就變成農家的奴隸了……

幸好我這個農奴沒有被任意差遣。

我緊緊握住差點被沒收，在胸前閃耀光輝的金色護符。

圃人少女在房間另一側睡得鼾聲大作，唉，不曉得她有沒有在擔心現在這個狀況。

儘管我跟她當了很久的朋友，她的膽量之大總是令我佩服、傻眼。

——不過太好了，主人他們感覺人很好……

那位體格強壯的主人，以及疑似姪子的年輕人。

雖然他們的確把我們當奴隸對待，以奴隸來說，這個待遇已經好過頭了。

因為那兩個人跟我們說話時，感覺像在跟對等的友人或傭人說話。

要不是因為我有必須達成的使命，要我在這邊生活幾十年都沒問題。

——但那個小主人的個性，好像挺冒失的。

我在冰冷的寢具裡笑了笑。

那個年輕人白天因為在酒館跟人吵架，被痛罵了一頓。

為何年輕凡人做事總是那麼不經思考，莽莽撞撞的？

——我不太能理解。

我身為出生於沙漠的森人，身分高貴，在這個國家的王家擔任侍女。

這樣的生活持續了好幾代——我仍然不是很懂凡人。

仔細想想，一直以來跟我相處的都是公主。我從來沒看過性格如此直率的年輕人。

至於那位睡得安穩的圃人友人……另當別論吧。

睡不著的我從窗邊抬頭仰望星空，不久後搖搖頭。

——不不不，比起那些小事，得先擔心公主……

該怎麼救她呢……

乾脆逃走算了。雖然我不太想給那兩個人添麻煩……

「……!?」

屋外忽然傳來細微的聲響，我抖動長耳，拉起毯子。

在這麼安靜的夜晚，沒人走路瞞得過森人的耳朵。

不出所料，站在門口的是年輕人。

我僵在寢具中，悄悄觀察他的模樣。

「請、請問有何吩咐？小主人……？」

我發現自己的聲音在顫抖，於內心咂舌。不過年輕人似乎沒發現。

好像是他的舅舅——這個家的主人半夜出門了，他來問我知不知道原因。

主人說天亮前會回來，但他覺得不太對勁。

「確實……老爺出門了……」

我靜靜在毯子底下用手撐起上半身。

再說一遍，想瞞過森人的耳朵是不可能的。主人出門了一事，我當然也有發現。

「對了……傍晚有人來找老爺。」

我忙著處理主人吩咐的工作，沒空確認對方長什麼樣子，但可以肯定有這回事。

主人接過文件筒，一拿出來看就臉色大變。

「或許跟那份文件有關。」

年輕人陷入沉思，面色十分凝重。

他叫我等一下，離開房間，但馬上就回來了。

年輕人手上拿著一把老舊……卻收在精緻刀鞘中的優美彎刀。

看起來頗有重量，推測是因為劍鞘是由鉛做成。

對了，記得年輕人早上好像也是帶著這把劍去酒館。

「請問，那把彎刀有什麼問題嗎……？」

年輕人說，那是他們家的傳家之寶。

很久很久以前，一族的始祖為了封印這把劍才踏上旅途，來到這個地方。

我心想「只不過是一把劍，太誇張了吧」。凡人什麼事都可以鬧大。

然而，這個想法也只持續到年輕人露出下定決心的表情，拔劍出鞘的那一刻。

掛在胸前的護符瞬間發出刺耳的喀喀聲彈開。

散發白光，不斷低吼的那把劍——纏繞著駭人的死亡氣息及魔力。

「主、主……人，那把……劍……」

這次，我的聲音明顯在顫抖。

連理應睡得很熟的友人都起來了，瞪大眼睛盯著魔劍。

她吹了個響亮的口哨，我無心責備他。

咕嘟。異常清晰的聲音，是我吞口水的聲音嗎？

我下意識衝到年輕人腳邊抓著他，對他磕頭。

已經連想隱瞞的心情都不剩。

「幫幫我……！請幫幫我……！」

公主被關進城裡的牢獄，性命堪憂。

我因為太過激動，連淚水正在不停從眼角滑落都沒發現。

年輕人靜靜傾聽我的話語，最後低聲說了一句話。

自己是騎士。跟過去的父親一樣……

§

於是，年輕人拿著綻放如同電光的白光的魔劍，帶著兩位隨從展開行動。

阻擋在前方的是荒涼的沙漠，驚悚的混沌陰謀錯綜複雜。

但他沒有力量，也沒有智慧。握在手中的只有勇氣。

年輕人的冒險，只有「宿命」及「偶然」的骰子知道結局。

「真實」也好，「幻想」也罷，在天上棋盤前的眾多神明，無一想像得到。

他接下來會往哪踏出一步，會走到多遠的地方。

大概會是段全憑他的意志決定一切，全憑他的魂魄左右結果的旅途。

然而，只有一件事可以確定。

他的冒險肯定也會成為無人不知無人不曉的敘事詩，跟過去的冒險一樣。

傳頌到遙遠的未來、遙遠的四方世界盡頭……

又是一個新希望的故事。

後記

大家好，我是蝸牛くも！

哥布林殺手第十一集，大家還喜歡嗎？

這次沙塵之國出現了哥布林，所以是剿滅哥布林的故事。

我寫得很努力，如果各位看得開心就太好了。

隨著工作經驗愈來愈多，偶爾會有不是只要把手上的工作做好就行的時候。

即使只想剿滅哥布林，往往會衍生出更多問題。

或者明明在剿滅哥布林，卻發生出乎意料的事。

例如突然遇到龍。

為了避免遇到這種事，千萬不可大意、不能猶豫，準備好齊全的手段，不主動接近龍。

可是不知為何，某天早上醒來時，發現自己在屍體山中，對此毫無記憶，腦袋裡裝著一顆炸彈！

……演變成這種狀況，得知在背後牽線的是龍，自然會想抱頭哀號。

會在閒晃時遇到龍的世界真可怕。

事已至此，也沒時間抱怨了。一切全看要做還是不做，要殺還是要被殺。

然而屠龍不可能那麼簡單！

但如果努力的結果能帶來各種影響就好了……

幸運的是，我自己也在這幾年受邀前往臺灣、美國、德國、瑞士。

自己寫的小說改編成漫畫、動畫，翻譯成其他語言，有國外的粉絲……

該稱之為漣漪還是蝴蝶振翅呢，我深深體會到了這一點。

感激不盡，全是因為有各位的支持。

真的謝謝大家。

託大家的福，繼《第一年》後，名為《鍔鳴的太刀》的外傳也要出版了。

只要有各位的支持，我想這部作品也會經過翻譯，送到海外讀者的手中。

這或許也稱得上是一種蝴蝶效應。真了不起。

寫了這麼多，剩下沒多少篇幅了，以下是慣例的謝辭。

衷心感謝總是給予我協助的創作方面的朋友們和各位遊戲夥伴。

統整網站的管理員大人，真的很感激您長久以來的照顧。

這次也繪製了美麗插圖的神奈月老師，一直以來謝謝您了。

編輯、出版、通路、宣傳，以及其他協助本作出版的各位，十分感謝。
以及支持本作的各位讀者，誠心感謝大家。
我想下一集會是短篇集，不過會有哥布林出現，預計是剿滅哥布林的故事。
十二集也請各位多多關照。

哥布林殺手
GOBLIN SLAYER!
He does not let anyone roll the dice.

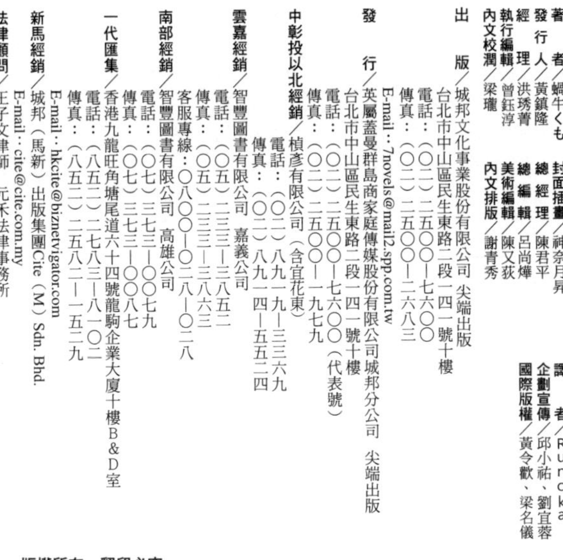

浮文字
GOBLIN SLAYER 哥布林殺手 11
（原名：ゴブリンスレイヤー #11）

著　者／蝸牛くも
封面插畫／神奈月昇
譯　者／Runoka
發 行 人／黃鎮隆
總 經 理／陳君平
企劃宣傳／邱小祐、劉宜蓉
經　理／洪琇菁
總 編 輯／呂尚燁
國際版權／黃令歡、梁名儀
執行編輯／曾鈺淳
美術編輯／陳又荻
內文校潤／梁瓏
內文排版／謝青秀

出　版／城邦文化事業股份有限公司 尖端出版
台北市中山區民生東路二段一四一號十樓
電話：（〇二）二五〇〇—七六〇〇
傳真：（〇二）二五〇〇—二六八三
E-mail：7novels@mail2.spp.com.tw

發　行／英屬蓋曼群島商家庭傳媒股份有限公司城邦分公司 尖端出版
台北市中山區民生東路二段一四一號十樓
電話：（〇二）二五〇〇—七六〇〇（代表號）
傳真：（〇二）二五〇〇—一九七九

中彰投以北經銷／楨彥有限公司（含宜花東）
電話：（〇二）八九一九—三三六九
傳真：（〇二）八九一四—五五二四

雲嘉經銷／智豐圖書有限公司 嘉義公司
電話：（〇五）二三三—三八五二
傳真：（〇五）二三三—三八六三

南部經銷／智豐圖書有限公司 高雄公司
客服專線：〇八〇〇—〇二八—〇二八
電話：（〇七）三七三—〇〇七九
傳真：（〇七）三七三—〇〇八七

一代匯集／香港九龍旺角塘尾道六十四號龍駒企業大廈十樓B&D室
電話：（八五二）二七八三—八一〇二
傳真：（八五二）二五八二—一五二九
E-mail：hkcite@biznetvigator.com

新馬經銷／城邦（馬新）出版集團Cite（M）Sdn. Bhd.
E-mail：cite@cite.com.my

法律顧問／王子文律師 元禾法律事務所
台北市羅斯福路三段三十七號十五樓

二〇二一年五月一版一刷

版權所有・翻印必究
■本書若有破損、缺頁請寄回當地出版社更換■

GOBLIN SLAYER 11
Copyright © 2019 Kumo Kagyu
Illustrations Copyright © 2019 Noboru Kannatuki
Chinese translation rights in complex characters arranged with
SB Creative Corp., Tokyo through Japan UNI Agency, Inc., Tokyo

■中文版■

郵購注意事項：
1.填妥劃撥單資料：帳號：50003021戶名：英屬蓋曼群島商家庭傳媒(股)公司城邦分公司。2.通信欄內註明訂購書名與冊數。3.劃撥金額低於500元，請加附掛號郵資50元。如劃撥日起 10～14日，仍未收到書時，請洽劃撥組。劃撥專線TEL：(03)312-4212 ・ FAX：(03)322-4621。E-mail：marketing@spp.com.tw

國家圖書館出版品預行編目資料

GOBLIN SLAYER!哥布林殺手 / 蝸牛くも作 ;
Runoka譯. -- 1版. -- 臺北市 : 城邦文化事業
股份有限公司尖端出版 : 英屬蓋曼群島商家庭傳
媒股份有限公司城邦分公司發行, 2021.05-
冊 ; 公分
譯自 : ゴブリンスレイヤー
ISBN 978-957-10-9997-2 (第11冊 : 平裝)

861.57 110004641